NO INICIO

UMA HISTORIA DIFERENTE

NOVA EDIÇÃO

G. P. CURRAN A.R.

Em agradecimento ao Deus que nos inspira.

PRÓLOGO

Durante gerações, cientistas têm lutado com ideias sobre nossas origens. Eles desenvolveram muitas teorias, como Evolução, Seleção Natural e um Universo em expansão infinita. O reverendo Georges Lemaître, da Bélgica, nos trouxe sua teoria do início do Universo. Isso às vezes é chamado de teoria do Big Bang. Rebecca L. Cann, uma geneticista de Los Angeles, nos trouxe a possível identidade de nossa primeira mãe. Ambas as teorias nos convidam a pensar de novas maneiras sobre o nosso mundo. Podemos nos lembrar deles enquanto viajamos pelas aventuras encontradas nos capítulos deste livro.

NOTÍCIAS DO ESPAÇO

"HOUVE FATALIDADES NUM ACIDENTE EM MARTE..."

A menção a Marte capturou a atenção de Arthur Alves enquanto ele acompanhava as notícias matinais. Alves estava de saída para o trabalho. Ele parou na entrada da cozinha para ouvir o restante da reportagem.

"Vai comigo, Alisa? Já estou quase saindo", ele chamou a filha.

"Sim, pai, estou indo. Só falta calçar os sapatos. ... Não, Nippi, hoje não. Vamos só até o trabalho do papai."

O cãozinho choramingou um pouco ao ver Alisa fechar a porta do apartamento. Pai e filha seguiram para o Elcrocar na garagem subterrânea.

Assim que se acomodaram nos assentos, seguiram para o Parque Tecnológico na Ilha do Fundão.

Chegando ao Prédio Central de Tecnologia e estacionando o Elcrocar no trilho aéreo, seguiram direto para o laboratório. Alisa, em férias escolares, aproveitava esses dias mais calmos para visitar o pai. Mesmo pequena, ela adorava ficar com o pai e observar seu trabalho. Ele, por sua vez, zelava pela segurança dela. Ela geralmente ficava contente em sentar-se ao seu lado numa cadeira alta.

Ali Hasan já estava no laboratório, próximo à cabine de radiação.

"... Bom dia, Ali. Alisa, este é o Sr. Hasan. Estamos trabalhando juntos no mesmo projeto. Ali, esta é minha filha, Alisa; ela está comigo hoje por causa das férias escolares."

"Prazer em conhecê-la, Alisa. Só tenha cuidado aqui, algumas áreas são perigosas."

"Saba al-khayer, Sade."

"Você fala árabe, Alisa?"

"Minha amiga fala árabe. Eu aprendo um pouco com ela."

"Que legal. Sua pronúncia está ótima."

O projeto de pesquisa buscava desenvolver uma tecnologia básica para produzir moléculas de oxigênio a partir do basalto marciano. O método seria utilizado por equipes de exploração do planeta vermelho.

Eles não conseguiram ser o primeiro laboratório a criar fibras de molibdênio com os recursos químicos de Marte. Um laboratório da Confederação Islâmica alcançou esse objetivo primeiro. Se o laboratório deles, no Parque Tecnológico do Rio de Janeiro, alcançasse uma descoberta, voltariam aos noticiários; ao menos era o que Arthur Alves esperava. Em sua bancada, havia emissores de raios, medidores eletrônicos, tubos de vidro e pedras de rocha avermelhada.

Alisa perguntou: "O que é isso, papai?"

"Bem, não é nada muito complexo. Estamos tentando

usar química básica para fazer com que essas pedras produzam grandes quantidades de oxigênio. Parecido com algumas coisas que você faz na aula de Ciências Domésticas."

"Eu só começo a ter Ciências Domésticas no ano que vem."

"Bem, é mais ou menos o que acontece na cozinha da mamãe. Se um dia eu for trabalhar em Marte, estarei fazendo exatamente o mesmo que lá, auxiliando o projeto de assentamento a produzir muito mais oxigênio."

"Mas papai, por que você precisaria ir? Sabe o quanto seria solitário sem você aqui."

"Bom, vamos ver, Alisa. Por enquanto, preciso apenas verificar alguns resultados aqui. Você está confortável?"

"Estou ótima, papai."

"Podemos dar uma pausa e ir à cafeteria às dez."

RECEBENDO ORDENS PARA MARCHAR

ARTHUR ALVES PASSOU o dia em sua estação no laboratório. Entretanto, teve dificuldade em focar na pesquisa. Seus pensamentos constantemente voltavam às notícias matinais sobre Marte. Ele questionava se sua candidatura para trabalhar lá seria finalmente aceita. Pensava: 'Agora deve ser aceita. Minha experiência em testes de materiais deve garantir isso.'

Arthur Alves nunca compreendeu completamente por que escolhera astrofísica como carreira, apesar da engenharia correr em suas veias. Dois de seus tios eram engenheiros aeronáuticos.

Ele recordava de um deles dizendo: "... sou tão abençoado; consegui usar meus talentos em prol da humanidade..."

Ele percebeu, logo no início de seus estudos, que o Projeto de Assentamento em Marte teria um papel significativo em sua vida. Refletia: 'Será que herdei de meus antepassados essa chama interior de dedicação ao serviço'

Quando o seu Tabnax brilhou, ele suspeitou do conteúdo da nova mensagem.

Ela dizia: "Com satisfação informamos que, às 11:35 horas GMT de hoje, 25 de junho de 2098 d.C., o candidato Arthur N. Alves foi aceito para a posição de Engenheiro Auxiliar da Equipe do Projeto de Assentamento em Marte. Arthur N. Alves deve completar os detalhes de inscrição e se apresentar ao Comandante no Centro de Serviços Espaciais de Pondicherry às 13:00 horas GMT, até o dia 20 de julho de 2098, no máximo. Nesta ocasião será conduzida a Orientação sobre o Projeto."

Arthur pausou por um instante, pensando: 'Não falarei nada para Alisa até conversar com Laura.'

Quando pai e filha saíram no Elcrocar à noite, em vez de irem para a academia, Arthur optou por dirigir até o Museu de Astronomia. Ele queria observar Marte uma última vez através do antigo telescópio. Aquele pelo qual viu Marte pela primeira vez quando menino. Alisa certamente adoraria espiar também, mas ele preferiu não contar as novidades. Ela sabia que ele havia se candidatado para o trabalho, mas tinha a esperança, contra todas as expectativas, de que ele jamais deixasse sua cidade natal.

Enquanto dirigiam por aquele caminho, ele sempre era assaltado por uma memória inquietante ao passar pela capela presbiteriana na Rua Conde de Leopoldina. Eram às vezes em que ele acompanhava sua mãe aos cultos. Esses momentos eram frequentemente abalados quando garotos da escola católica romana se aglomeravam para lançar insultos à medida que a congregação deixava a capela. Ele não ligava para os xingamentos, mas receava que magoassem sua mãe.

Já adulto, ainda carregava parte dessa inquietação. Ele refletia: 'Será que a religião contribui para que crianças lancem insultos? Que espécie de fé permite isso? Espero que não encontremos católicos romanos em Marte.' Continuando a dirigir, pensava: 'Aliás, esse povo é sempre tão descompromissado e frívolo.'

Ao chegarem ao Museu de Astronomia na Rua General Bruce, o Sr. da Silva estava de serviço.

"Boa noite, Alisa. Vejo que trouxe seu pai hoje. Como vai, Senhor Alves? Já faz um tempo que não o vejo."

"Vim reviver os bons tempos. O antigo telescópio está em uso? Quero dar uma espiada. Foi através do velho Sparkey que vi Marte pela primeira vez. Sabe, eu frequentava as palestras aqui semanalmente. Tenho muitas recordações preciosas."

"Ah, que bom. Alisa, você sabe onde está a chave. Leve seu pai até o antigo telescópio."

"Vamos, papai."

3

UMA DESPEDIDA MELANCÓLICA

Quando retornaram ao seu apartamento na General Bruce, o jantar já estava servido.

Alves aguardou o término da refeição para contar à esposa, "Amor, consegui aquele trabalho em Marte. Eles precisam que eu parta no mês que vem."

"Ah não, papai, você não pode ir. Por favor, não vá," suplicou Alisa.

"Parabéns, Arthur. Sei que você se dedicou para isso. É uma grande honra, de fato."

Alisa e Daniel se levantaram e abraçaram o pai ao redor da mesa.

"Não vá, papai. Os marcianos estão à sua espera para devorá-lo," brincou Daniel.

"Sua mãe disse que está orgulhosa de mim e compreende."

"Mas não é questão de poucos meses, papai. Conversei com o Sr. da Silva, e ele disse que ir até Marte e retornar leva mais de dois anos. É tempo demais!" exclamou Alisa.

Alves já esperava que a notícia fosse difícil para seus filhos, especialmente para Alisa. Ele estava grato pelo apoio de sua esposa.

Nas semanas seguintes, fez questão de aproveitar momentos com Alisa, Daniel e Laura. Em dois finais de semana, desfrutaram um dia alegre na praia da Baía de Guanabara. Num sábado, passaram uma tarde estudando Marte com o novo espectrômetro Starscope. Também observaram as estrelas através do antigo telescópio Sparkey de foco manual.

À medida que o dia da partida se aproximava, Alves esperava ter fortalecido os laços com sua família. Mas, naturalmente, quando subiram no Elcrocab para a viagem ao Global Drome do Rio de Janeiro, sentiram uma tristeza ainda maior. Alisa levou seu ursinho de pelúcia, buscando conforto diante da iminente despedida do pai.

Ao chegarem no saguão de transferência do Drome, era hora do adeus. Música de cravo barroco ressoava pelo local enquanto Alves abraçava sua esposa e se inclinava para abraçar Alisa e Daniel. Quando ele envolveu Alisa em seus braços, ela começou a chorar.

"Ah, papai, vou sentir tanto a sua falta. Vou morrer de saudade", ela chorou, envolvendo-o pela cintura.

Daniel conseguiu um abraço desajeitado antes de seu pai se libertar. Quando suas malas de viagem foram transferidas, Arthur N. Alves caminhou até o Portal de Segurança. Laura, Alisa e Daniel se abraçaram enquanto ele desaparecia de vista.

Ao voltarem ao apartamento, Alisa disse: "Mãe, estou indo ao museu. Quero ver Marte."

"Tenha cuidado, querida. Vai esfriar e escurecer. Não demore."

A menina lançou seu ursinho de pelúcia numa cadeira e correu porta afora. Alisa correu até chegar à entrada principal do museu. Ela esperava que o Sr. da Silva estivesse lá. Sabia que ele a deixaria entrar.

"Oh, Senhor da Silva, meu pai vai embora, e eu estou tão triste", desabafou a menina, rompendo em lágrimas e desabando numa cadeira.

O Sr. da Silva saiu de seu posto nos monitores. Sentou-se ao lado da garota e perguntou: "Menina, o que faz aqui tão tarde?

Sabe que horas são?" Ele prosseguiu: "Sabe, vamos sentir falta do seu pai também. Ele foi um dos alunos mais brilhantes que já passaram por aqui. Pessoas como você e ele fazem tudo valer a pena."

"É tão injusto ele ir para tão longe."

"Olha... vem aqui ver Marte. É uma ótima noite para isso. Marte está lindo esta noite", o Sr. da Silva tentou aliviar a tristeza de Alisa.

"Não, não... não quero ver. É um planeta horrível. Eu odeio ele!" Alisa apressou-se para a saída.

A menina parou no jardim e ficou olhando para o céu. Lágrimas começaram a descer por seu rosto ela.

4

UMA JORNADA DIFERENTE

"Saudações, jovem senhorita. Eu sou seu servo, Absolin."

De repente, diante de Alisa, surgiu uma enorme esfera translúcida. Dentro dela, um ser alto e luminoso com asas. Era a voz do ser que Alisa ouvia.

Ela, surpresa, perguntou: "Quem... quem é você?"

"Eu sou Absolin, um Anjo Menor. Fui enviado para ajudá-la com essa grande saudade que você sente."

"Como... como você sabia?"

"Então... você virá comigo para encontrarmos a resposta?"

Os olhos de Alisa estavam fixos nos do ser luminoso. Mas ela experimentava uma sensação de paz e questionou: "O que devo fazer?"

"Se você me acompanhar em minha Bolha, podemos nos dirigir a um local de cura e revigoramento."

Alisa hesitou, mas a sensação de paz era tão acalentadora. Ela avançou para dentro da Bolha e se posicionou ao lado do Anjo. A Bolha se pôs em movimento, e eles rapidamente ascenderam sobre o Museu de Astronomia, voando sobre a Baía de Guanabara. Alisa conseguia avistar o contorno do Corcovado o passar por baixo

Viajavam na Bolha através da escuridão do espaço. A pequena menina estava entre as estrelas, atravessando a imensidão. A paz havia envolvido Alisa, e o estresse pela saudade de seu pai aos poucos se dissipava. Ela se recostou, repousando a cabeça contra o Anjo.

"Para onde estamos indo?", indagou Alisa, "É distante?"

"Vamos para um lugar denominado Paraíso Externo. É o refúgio daqueles que servem no Paraíso para relaxar e descontrair. O Paraíso pode ser bastante intenso, então o Paraíso Externo existe como um escape tranquilo. Existem jardins serenos, parques, piscinas e fontes, pomares e florestas, todos propícios para relaxamento. Há espaços para encontros com amigos e Cafés Néctar, onde se pode saborear uma infinidade de iguarias deliciosas. Após uma estadia no Paraíso Externo, qualquer ser que atue no Paraíso Próprio fica completamente rejuvenescido, verá."

Eles viajavam pelo espaço e pelo tempo quando, subitamente, Alisa despertou. Bem acima, na escuridão, surgiram portões que exalavam chamas multicoloridas. Estes surgiram do vazio.

"O que é aquilo?", indagou Alisa.

"Ah, são os Portões do Inferno. Eles podem surgir em qualquer lugar."

Das chamas, emergiram figuras sombrias. Elas se voltaram e começaram a descer velozmente. Alisa percebeu que eram Demônios, similares aos do filme. Eles avançavam diretamente em direção à Bolha, empunhando algum tipo de arma. Era uma visão assustadora. Alisa, aterrorizada, se agarrava a Absolin. 'Será que eles vão furar a Bolha?', ela pensou. Ela ocultou o rosto e se encolheu.

Quando os Demônios estavam prestes a alcançá-los, surgiu um turbilhão de Anjos imponentes, brandindo suas espadas. Eles voaram entre a Bolha e os Demônios. As figuras sombrias pararam abruptamente. Rapidamente, recuaram e retornaram às chamas. Após o último demônio desaparecer, os Portões do Inferno se fecharam e os Anjos se dispersaram. Absolin e Alisa prosseguiram na viagem.

O Anjo falou: "Alisa, lamento pelos Demônios. Não esperava encontrá-los agora."

ALCANÇANDO O DESTINO

ALISA OBSERVAVA, da Bolha, a imensidão espacial. Sem estrelas à vista, uma luz resplandecente surgia ao longe.

"Talvez pareça uma eternidade para você, Alisa, mas viajamos apenas um milissegundo no seu tempo. Olhe, estamos quase no Paraíso Exterior."

A luz intensificou-se até que Alisa pôde discernir uma cidade cintilante flutuando na escuridão.

"É para lá que vamos?"

"Sim, é uma parte do Paraíso, Alisa. Chama-se Paraíso Exterior. Só posso te levar até lá. O Paraíso Próprio tem requisitos específicos para admissão. É uma norma milenar. No Paraíso Exterior, aqueles que servem no Paraíso relaxam da agitação intensa do Paraíso Próprio. Lá, encontram serenidade e repouso por um tempo, em um ambiente mais ameno. Estamos quase lá."

De repente, a Bolha saltou e parou como se tivesse esbarrado em algo.

"Topamos com a Barreira Invisível que separa esta

Dimensão do Vácuo da atmosfera do Paraíso Exterior. Precisamos encontrar uma entrada."

A Bolha vagou até Absolin anunciar: "Vejo alguns Serafins Armados ali. É por lá que entraremos."

A Bolha mergulhou no Paraíso Exterior, passando por Ameias de cristal de ambos os lados. Outras Bolhas luminosas passavam enquanto a deles descia ao destino.

"Estamos prestes a pousar", anunciou Absolin.

A Bolha pousou no meio de um pátio arborizado, flutuando alguns centímetros acima do solo. Alisa desceu cautelosamente e olhou ao redor, maravilhada. O ar estava impregnado de um perfume adocicado e harmonias corais.

"Vamos ao Café Néctar. Certamente você está faminta após a viagem." "Ah, sim. Estou mesmo!"

"Antes, vou encontrar roupas adequadas para você para Paraíso Exterior."

Atravessaram uma alcova ao lado do pátio e uma porta. Entraram em uma galeria repleta de vestidos e uniformes de diversas cores. Após Alisa vestir uma túnica prateada e um cinto dourado, seguiram para o Café Néctar.

UM CAFÉ NÉCTAR

Caminhando juntos, Absolin e Alisa chegaram a um arco dourado, que dava acesso a uma escadaria luminosa. No topo, havia um pomar com árvores frutíferas. Fileiras de árvores desapareciam ao longe, exceto por uma clareira à frente.

"Ali está o Café Néctar, onde podemos relaxar e você se alimentar. Paraíso Exterior ajudará a esquecer suas dores e tristezas."

Conforme andavam, Alisa notava folhas e frutos de cores e tamanhos variados. As frutas pareciam apetitosas.

À frente, mesas e cadeiras cintilantes distribuídas em um grande círculo. Em algumas, grupos de pessoas se reuniam. Alisa percebeu que alguns tinham asas. 'Devem ser Anjos, como Absolin', pensou.

"É aqui o Café Néctar?", indagou Alisa.

"Sim, Alisa. Vamos encontrar uma mesa e pegar um néctar para você."

Antes de escolherem uma mesa, foram cercados por Serafins recém-chegados de seus Momentos de Adoração no Paraíso.

"Por onde andou, Absolin? ... E quem é esta aqui?" Os Serafins demonstraram curiosidade por Alisa.

"Não vai nos apresentá-la?"

"Serafins honoráveis, apresento-lhes Alisa. Ela é uma garota de outra dimensão... e de outro tempo. Precisa do nosso carinho e solidariedade."

"Bem, acabamos de sair dos nossos Momentos de Adoração. Precisamos relaxar e descontrair. Venham se juntar a nós."

O grupo adentrou o Café Néctar e se acomodou em uma grande mesa redonda. Alisa sentou-se entre Absolin e um Serafim. No início, a cabeça de Alisa estava abaixo do nível da mesa, mas então sua cadeira ajustou-se milagrosamente, deixando-a na altura ideal. Um Querubim com um avental rosa aproximou-se flutuando.

Ao alcançar a mesa, perguntou: "Que tipo de néctar os Honoráveis Serviçais Celestiais desejam? Há Néctar de Flor de Pêssego, Néctar Surpresa do Paraíso, Néctar Sabor Frutado, entre inúmeros outros. Sugiro o Néctar Surpresa do Paraíso. Tenho certeza de que vão adorar."

Após uma pausa, Alisa respondeu: "Certo, vou provar esse. Espero que meu estômago aguente a comida do Café Néctar. Nunca experimentei antes."

"Seu estômago ficará bem, verá", assegurou Absolin ela.

Nesse instante, outro Querubim de avental rosa passou flutuando. Trazendo consigo uma bandeja prateada com copos altos cintilantes. Ele parecia saber antecipadamente o que cada um desejava e serviu o néctar adequado a cada um.

Alisa observou sua copo: "Ah, amo as flores luminosas flutuando por cima. Nossa, e o canudo dourado!"

7

OS SERES PÚRPURAIS

DO OUTRO LADO, onde Absolin e Alisa estavam sentados, havia uma mesa com um grande grupo de Domínios Púrpura. Absolin os reconheceu como velhos amigos de épocas passadas.

Ele comentou com Alisa: "Vejo antigos amigos ali. Vamos até lá conversar com eles. Eles gostarão de conhecê-la. Com licença, Honoráveis Serafins. Quero apresentar Alisa aos Domínios Púrpura."

Alisa desceu de sua cadeira para encontrar esses seres púrpura peculiares.

Chegando à outra mesa, Absolin disse: "Olá, Honoráveis Domínios. Bem-vindos de volta ao Paraíso Exterior. Devem estar animados por uma mudança de ritmo e por reencontrarem seus colegas."

"Olá, Absolin", respondeu o Domínio mais próximo. "Obrigado pela saudação. Sim, é maravilhoso nos reunirmos com nosso antigo grupo... surpreendente como não paramos de conversar nestes momentos."

"Honoráveis Domínios, apresento-lhes Alisa, minha amiga. Ela vem de outra época e dimensão e ficará conosco por algum tempo."

"Olá, Alisa. Seja bem-vinda ao Paraíso Exterior. Pode não ser o real, mas para nós, neste momento, é perfeito. Venham, sentem-se. Aqui ao meu lado há um assento alto, talvez Alisa prefira sentar-se aqui", sugeriu o Domínio.

"Certo, Alisa, sente-se ali e eu me acomodo ao seu lado", disse Absolin.

"Então, Alisa, é sua primeira visita ao Paraíso Exterior... já esteve aqui antes? Alguns seres estranhos realmente apreciam este lugar."

A voz de Alisa comecou: "É minha primeira vez. Jamais imaginei que estaria em um lugar tão belo. É simplesmente maravilhoso. Mal posso esperar para ver tudo. Absolin disse que faremos um tour completo."

"Então, o que é uma 'ela'? Nunca ouvi essa palavra", indagou um Domínio de expressão austera do outro lado da mesa.

"O que tem de especial em ser uma 'ela'?", questionou com um tom grave.

"Vou esclarecer", afirmou Absolin, suas asas se tensionando um pouco. "Alisa é uma menina, uma 'ela'. Em aquele tempo e dimensão, existem dois gêneros do mesmo ser.

Complementares entre si. Isso significa que eles dependem um do outro de maneiras diferentes. Há 'elas' e 'eles', e Alisa é uma 'ela'."

"Mas por que existiriam dois tipos do mesmo ser? Não seria cada ser suficiente por si só?", ele questionou.

"Bem, não tenho a resposta para isso. Talvez o Grande

Eu Sou saiba. Ambos serão criados para Ele. Não posso responder totalmente à sua pergunta. Suponho que seja um desses mistérios que nos rodeiam. Algo a dizer, Alisa?", perguntou Absolin.

"Bem", começou Alisa com sua voz suave, "sempre quis um irmãozinho, talvez por ele ser diferente de mim. Elga, nossa vizinha, casou-se com um homem, provavelmente porque ele é diferente dela. Mas isso é só um palpite!"

O Domínio Púrpura ergueu as mãos, exasperado: "Agora temos uma 'ela', um irmão e um homem. Estou completamente confuso. Quem são essas criaturas?"

"Eles se complementam, como disse", explicou Absolin, "Os 'eles' e o homem são um tipo, enquanto a 'ela' é outro, dentro da mesma espécie. Não é tão complicado."

"Para mim, é confuso", disse o Domínio. "Que tal tomarem um néctar por minha conta enquanto nós, Domínios Púrpura, colocamos o papo em dia?"

"Agradeço, mas Alisa e eu precisamos conversar a sós. Com licença. Deixaremos vocês, Honoráveis Domínios, à vontade."

8

UM DIÁLOGO COM UM SÁBIO CONSELHEIRO

O Anjo e a menina reverenciaram os Domínios Púrpura e afastaram-se sob as árvores. Dirigiram-se à beira dos jardins floridos.

"Alisa, convidei o Principado chamado Milab para nos encontrar aqui. Ele é muito antigo e sábio. Não se impressione com sua cor. Seu rosto é cor de pêssego e suas vestes, em tons de pêssego, são muito belas. Quero que ele conheça você e ouça sua história."

"Está bem", concordou Alisa. "Você estará lá também?"

"Claro, Alisa. Estarei ao seu lado. Ah, vejo Milab se aproximando."

Quando Milab chegou perto, cumprimentou: "Olá, Absolin. Recebi sua mensagem. Gostaria muito de conversar com Alisa. Então, é verdade que nunca conversei com uma menina, isso é o que você disse que elas são?"

"Alisa, quero te apresentar ao Honorável Principado chamado Milab. Na verdade, costumamos chamá-lo de Mili, não é, Milab?"

"Exatamente, Absolin, é como gosto de ser chamado", ele se ergueu sobre Alisa, mas inclinou-se para sorrir gentilmente.

"Estou muito contente por estar aqui", expressou Alisa, "nunca estive num lugar tão lindo".

Milab propôs: "Que tal darmos um passeio pelos jardins? Está tão tranquilo após o canto dos pássaros. Você se importaria se eu a levantasse para conversarmos melhor?"

"Ah, não, eu acho que gostaria."

"Absolin me contou que você está triste. O que exatamente está te deixando assim?"

"Estou triste porque sinto falta do meu pai. Ele partiu numa nave para Marte, que fica tão longe. Vai demorar muito tempo. Ele disse que iria estudar o planeta, mas por que não podia aprender com livros?" Ela fez uma pausa, "Moramos perto do Museu Observatório. Agora preciso ir lá todo dia para ver onde ele está. Há telescópios e Visiscreens. Isso pode me consolar um pouco, mas a saudade é grande."

"Sua história mexe comigo", disse o Principado, "parece terrível. Mas me explique, o que é um pai?"

"Bem, um pai te dá a vida. Ele é seu pai. Você não existiria sem um pai."

"Entendendo que seu pai está tão distante, o que você acha que deveríamos fazer?", indagou o Principado.

"Acho que o melhor é tentar não pensar na tristeza e focar em coisas boas."

"Parece que você encontrou uma boa solução. Você mesma resolveu o problema. Mas se eu pensar em algo mais, aviso ao Absolin", afirmou Milab.

"Ah, obrigada", agradeceu a menina.

"Absolin, vou deixar Alisa aqui. Logo mais haverá uma grande procissão saindo dos Portões do Paraíso e preciso estar lá. Vejo vocês mais tarde."

Milab partiu, flutuando para longe.

9

UM PASSEIO NOS JARDINS

Absolin e Alisa prosseguiram com sua caminhada pelos jardins. Caminhavam por uma trilha sinuosa entre flores multicoloridas de inúmeros tons. As cores pareciam ganhar mais intensidade à medida que entravam em foco. Adentraram uma floresta, onde um perfume doce permeava o ar. O caminho contornava arbustos verdes enquanto pássaros de várias cores piavam e esvoaçavam entre as árvores. Ao longe, avistavam um lago. Reflexos luminosos dançavam em sua superfície. Vindo ao seu encontro pela trilha, estava um par de Principados Azuis em túnicas longas e fluidas.

"Olha só, Absolin, que surpresa encontrá-lo aqui... e quem temos aqui?"

"Olá, Principados Azuis. Por onde vocês andaram? Esta é Alisa.

Alisa, estes são Amorath e Anslow. Na verdade, Alisa vem de um tempo e um lugar diferentes."

"Ah, olá Alisa, que prazer conhecê-la. Mas o que é um

lugar, afinal? Sei um pouco sobre tempo, mas e lugar, o que seria?" Amorath foi quem perguntou primeiro.

"Bem, é meio complicado de explicar."

"Tudo bem, Absolin; eu explico com o que aprendi na escola," disse Alisa. "O lugar de onde venho é uma grande esfera que chamamos de Terra. Ela faz parte de um conjunto de esferas enormes que flutuam no que chamamos de Sistema Solar. Por causa das grandes distâncias entre as esferas, leva bastante tempo para viajar de uma à outra. Neste momento, meu pai está em uma dessas esferas, chamada Marte, e Absolin está me ajudando a lidar com a saudade dele."

"E cntão, conte-me, pequenina, o que é uma esfera? Não tenho a menor ideia do que isso signifique," questionou Amorath.

Alisa olhou em volta. Voltou seu olhar para as árvores além do mar de flores. Havia um pomar de árvores frutíferas com frutos vermelhos enormes e redondos. As frutas vermelhas quase dobravam os galhos ao chão.

Ela se voltou para o grupo e disse, "Estão vendo aqueles grandes frutos vermelhos? Eles têm a forma que chamamos de esférica; são redondos."

"Ah, entendi," disse Amorath, "que interessante você apontar essas frutas. São muito especiais para nós no Paraíso Exterior." Ele prosseguiu, "Nós as chamamos de Frutas da Energia Extrema. Os Serafins Armados as consomem antes de suas longas vigílias nos Bastiões. Eles nunca sabem quando ou onde os Demônios atacarão. Foi perspicaz da sua parte notá-las. São frutas fundamentais aqui no Paraíso Exterior. Então, o que Alisa pretende fazer?"

"Bem, é hora de relaxar um pouco e dar a ela algum tempo para descansar."

Olhando para Alisa, o Principado Azul disse: "Tudo bem, Alisa, espero que aproveitem o tempo juntos. Nós estamos a caminho do Néctar Café para saborear um bolo angelical. Nos veremos mais tarde."

A FRUTA DA ENERGIA EXTREMA

ABSOLIN E ALISA SEGUIRAM ADIANTE, penetrando ainda mais nos jardins. De um lado, erguia-se uma alta floresta esmeralda e, do outro, um lago reluzente. À medida que avançavam, ouviam um canto forte vindo das árvores. Então, acima das copas, Alisa avistou uma fileira de capacetes metálicos brilhantes oscilando para cima e para baixo.

"O que são aqueles?", indagou Alisa, "Devem ser pessoas muito altas."

"São um grupo de Serafins Armados. Provavelmente estão cantando de alegria por irem ao Néctar Café. Vão para lá saborear a Fruta da Energia Extrema. Deve fazer eras que não comem. Como só se alimentam a cada várias eras, ficam imensamente felizes quando chega a hora. Gostaria de vê-los?"

"Ah, sim, quero muito."

Ao chegarem ao Néctar Café, os Serafins Armados já estavam em um espaço rebaixado, acomodando-se em uma longa mesa, em cadeiras enormes. Do local onde o Anjo e a menina se sentaram, tinham uma visão privilegiada da mesa comprida.

Os Serafins Armados riam e brincavam, com suas armaduras tilintando e retumbando enquanto se acomodavam. Subitamente, apareceram quatro Poderes musculosos. Trouxeram uma imensa fruta vermelha em uma bandeja e a colocaram na ponta da mesa. Ao lado da mesa, um outro Poder segurava uma grande faca de prata.

Absolin observou: "Essa é uma Fruta de Energia Extrema vermelha."

Empilhados ao lado da fruta vermelha estavam pratos dourados. Com uma faca, o Poder começou a cortar a fruta em finas fatias. Dispondo uma em cada prato. Os pratos foram passando pela mesa até que cada Serafim Armado tivesse um prato com uma fatia à sua frente.

"É só isso que eles vão comer?", perguntou Alisa, "É somente isso que recebem?"

"Por ser uma Fruta de Energia Extrema, cada fatia proporcionará a um Serafim Armado energia suficiente para durar incontáveis eras. Eles são os servos celestiais que protegem o Paraíso Exterior dos ataques dos Demônios."

"Mas é tão pouco."

Absolin assegurou: "A energia contida nessa fruta é tão intensa que é tudo de que precisam."

Antes de comer, os Serafins Blindados entoaram um coro. Em seguida, pegaram suas fatias de Fruta de Energia Extrema em uníssono e começaram a morder de uma das pontas. Cada mordida parecia demorar muito para mastigar e engolir.

Finalmente, após consumirem o último pedaço, entoaram outro coro. Após isso, todos se levantaram com um estrondo, pegaram suas armas e se elevaram, voando sobre as copas das árvores.

Absolin permitiu que Alisa permanecesse sentada por um tempo, refletindo sobre o ocorrido, e então propôs: "Que tal um néctar?"

Sentados, saboreando seus néctares, Absolin conversava tranquilamente com Alisa.

"Acabei de saber que o Filho Querido virá visitar o Paraíso Exterior. Aposto que você ficará empolgada para ver o que vai acontecer."

"Quem é o Filho Querido?"

"Você sabcrá quando ele chegar."

Ao deixarem o Café Néctar, seguiram por um caminho cercado de arbustos, passando por uma placa que anunciava: Caminho para o Grande Salão do Relaxamento. Logo estavam acompanhando Anjos de diversos tamanhos e cores, e Poderes de aparência robusta. Todos se dirigiam na mesma direção. A multidão era intensa, com tantos seres juntos.

"Já estamos chegando", disse Absolin.

A PROCISSÃO

Uma grande agitação tomava conta do lado de fora dos Portões do Paraíso. Uma procissão estava se formando, e os participantes assumiam seus lugares.

Preparavam-se diversos habitantes do Paraíso Exterior e vários Servos Celestiais do Paraíso Próprio. Formavam-se filas que se estendiam de um lado a outro de uma Vasta Avenida Dourada.

Os Serafins Armados eram os primeiros a se posicionar. Elevavam-se acima das fileiras atrás deles. As próximas fileiras eram compostas de Principados portando bandeiras multicoloridas esvoaçantes. As bandeiras representavam as diferentes entidades e casas do Paraíso Exterior e do Paraíso Próprio.

Atrás dos Principados, posicionava-se a Orquestra de Prata do Paraíso Exterior. Os músicos eram Anjos de estatura mediana, parecidos com Absolin.

A retaguarda da procissão era formada por fileiras de

variados habitantes do Paraíso Exterior e do Paraíso Próprio. Era um grupo bastante diversificado.

Todos aguardavam em silêncio a chegada do Filho Querido. Então, ao sinal, um grupo de trompetistas executou uma fanfarra.

Um Serafim Armado proclamou: "Atenção, atenção, eis que chega O Filho Querido."

Os Portões do Paraíso se abriram e a Orquestra de Prata do Paraíso Exterior iniciou uma fanfarra rítmica: "Blaa… chip, blaa…chip, blaa…chip."

Do portal, surgiu o Filho Querido, uma figura imponente que dançava em círculos ao ritmo. Conforme o Filho Querido dançava, as fileiras da procissão sc abriram no centro, formando um caminho. Eledançou até a primeira fileira, ladeado pelos Serafins Armados, que se uniram à dança.

Nesse instante, os Principados e todos os presentes na parte de trás começaram a dançar e girar uns ao redor dos outros, seguindo o ritmo da Orquestra de Prata do Paraíso Exterior: "Blaa…chip, blaa…chip, blaa…chip…"

Em seguida, a procissão inteira começou a avançar pela Vasta Avenida Dourada. Seu destino era o Grande Salão do Relaxamento.

O GRANDE SALÃO DO RELAXAMENTO

ABSOLIN E ALISA acabaram de chegar à entrada do Grande Salão do Relaxamento, quando ouviram a Orquestra de Prata do Paraíso Exterior. Eles olharam pela Vasta Avenida Dourada, curiosos sobre o acontecimento.

"Ah, agora eu os vejo", exclamou Alisa animadamente. "Parece uma procissão avançando em nossa direção."

Os metais dos Serafins Armados cintilavam enquanto dançavam, e o som de suas armaduras acompanhava o "Blaa...chip, blaa...chip, blaa...chip..." da Orquestra de Prata do Paraíso Exterior.

O Filho Querido manteve seu lugar na frente, enquanto rodopiava ao som da música. "Ali está o Filho Querido," indicou Absolin, "há eras que não o vejo."

"Nossa!" exclamou Alisa, impressionada.

Quando a procissão chegou à entrada do Grande Salão do Relaxamento, as fileiras se dispersaram ao atravessar as majestosas portas. Absolin e Alisa juntaram-se à última linha enquanto a procissão passava. A pequena Alisa, ao captar o ritmo, dançava e ria ao redor de Absolin enquanto avançavam.

A dança prosseguiu até que o Filho Querido alcançasse a frente do salão. Então, ao parar de dançar, a música e a dança cessaram. Ele subiu num estrado elevado e sentou-se em um trono alto, adornado com joias. Os Principados e os músicos acomodaram-se de ambos os lados do corredor central, enquanto os Serafins Armados ficaram em posição de guarda aos lados do estrado que sustentava o trono do Filho Querido. Absolin e Alisa posicionaram-se ao fundo. O Anjo elevou Alisa e a acomodou sob sua asa, para que ela pudesse ver melhor.

"Muito bem," começou o Filho Querido com voz forte. "Sejam todos bem-vindos à nossa cerimônia. Vamos iniciar os trabalhos imediatamente."

Reinou um silêncio total enquanto o Filho Querido prosseguia, "Ordenei que três candidatos, três Frutas da Energia Extrema, fossem trazidos aqui para que eu selecione a que será encaminhada à Dimensão de Vácuo. As frutas devem chegar a qualquer momento."

Mal terminou de falar, e uma fanfarra de trompetes soou em uma entrada lateral. Quatro Poderes marcharam através de uma porta carregando uma carruagem aberta com uma gigantesca Fruta Vermelha de Energia Extrema. A fruta era idêntica à que Alisa viu ser consumida pelos Serafins Armados. Esta primeira carruagem aberta foi seguida por mais duas. Cada uma delas segurava uma Fruta de Energia Extrema vermelha. As três carruagens abertas estavam posicionadas diante do trono onde o Filho Querido estava sentado.

"Querubim dos Livros, traga-me o Livro dos Encantamentos," ordenou o Filho Querido.

O Querubim dos Livros surgiu ao lado do estrado com um grande livro de capa dourada. Ele o entregou ao Filho Querido, que folheou rapidamente até parar em uma página, observando-a com atenção.

Depois de uma pausa, ele entoou um encantamento em voz aguda, "Inchin, binchin, glinshin, flinchin", com a voz tremendo.

Ele apontou para uma das carruagens abertas e disse: "Esta aqui".

Imediatamente, dois conjuntos de Poderes pegaram suas carruagens abertas e rapidamente deixaram o salão pela mesma porta pela qual entraram. Agora, restava apenas uma Fruta de Energia Extrema.

O Filho Amado proclamou: "Esta Fruta de Energia Extrema será doravante chamada de Fruta de Energia Escolhida. Que assim seja."

Ele gesticulou com os braços e, apontando para a fruta, declarou: "A Fruta de Energia Escolhida se tornará o Novo Universo."

Fechando o Livro de Encantamentos, devolveu-o ao Querubim dos Livros. Em seguida, bradou: "Domínio Cromonion, venha até aqui. Fique diante de mim."

O Domínio chamado Cromonion caminhou até a frente.

"Eu o nomeio Mestre de Cerimônias," anunciou o Filho Querido.

O Dominion chamado Cromonion curvou-se profundamente ao Filho Querido e caminhou até a carruagem aberta da Fruta de Energia Escolhida. Ele ficou ao lado dela, em posição de sentido.

Uma nova fanfarra de trombetas soou. Os Serafins Armados de um lado do estrado quebraram as fileiras e formaram duas linhas no corredor central. Eles marcharam no lugar enquanto o Filho Querido descia do alto trono incrustado de joias para o corredor. Ele começou a marchar no lugar, atrás dos Serafins Armados. Todos eles, então, marcharam, esquerda, direita, esquerda, direita, pelas grandes portas do Grande Salão do Relaxamento. Saíram na direção oposta de onde haviam vindo. Os favoritos do Filho Querido o seguiram na retaguarda. Fora do salão, a procissão se reagrupou e seguiu pela Vasta Avenida Dourada em direção aos Portões do Paraíso.

Ficaram no Grande Salão do Relaxamento um destacamento de Serafins Armados, os Principados e a Orquestra de Prata do Paraíso Exterior. Novos deveres os aguardavam. Absolin colocou Alisa de volta no chão.

"Posso ver os instrumentos da orquestra?" perguntou ela.

"Claro," respondeu Absolin, "mas seja rápida. Há uma reunião no Grande Salão do Planejamento, e eu sou parte do comitê. A reunião deve começar a qualquer momento. Eu te levo lá assim que você estiver pronto."

"Ah, eu não sabia. Podemos ir agora? Não quero que você perca sua reunião."

Quando saíram do Grande Salão do Relaxamento, Absolin parou uma Bolha flutuante. Ambos entraram e foram rapidamente conduzidos em direção ao Grande Salão do Planejamento.

O PLANO DE AÇÃO

ABSOLIN E ALISA saíram da Bolha e adentraram o Grande Salão de Planejamento. Este edifício oval os levou a um andar mais profundo. Na extremidade mais estreita do salão, havia uma galeria onde Absolin e Alisa subiram. Tomaram seus lugares em assentos de veludo.

À esquerda do salão, Domínios de várias cores sentavam-se em fileiras escalonadas. À direita, fileiras de Arcanjos e Anjos de estatura média e diversas cores. No extremo oposto do salão, frente a Absolin e Alisa, erguia-se uma cadeira em estilo trono sobre um palco elevado. Ao redor deste palco, assentavam-se fileiras de Principados.

Por um momento, reinou um silêncio total. Então, ao som de trombetas, o Domínio chamado Cromonion, agora com um ar mais majestoso, trajando uma túnica vermelho-carmim e um adorno de cabeça semelhante a uma coroa, adentrou o salão. Ele ascendeu até a cadeira estilo trono e acomodou-se.

"Sejam todos bem-vindos a esta importante reunião de planejamento," ele iniciou.

Seguiu-se uma longa pausa enquanto ele manuseava alguns papéis.

"Nesta reunião, pretendemos estabelecer o processo completo para a entrega do que agora denominamos de Fruta de Energia Escolhida à Dimensão do Vácuo. Vamos proceder à chamada antes de começar. Agradeço a todos."

Absolin virou-se para Alisa e comentou: "Alisa, aquele Servidor do Paraíso na túnica vermelho-carmim é o Domínio chamado Cromonion. Ele está bem diferente com essa cor. Mencionei que você é uma convidada especial no Paraíso Exterior. Ele provavelmente falará de você."

Após uma pausa, um Principado anunciou: "Todos presentes."

O Domínio chamado Cromonion prosseguiu: "Primeiramente, gostaria de apresentar a todos um convidado especial, amiga de Absolin. Parece que é uma menina, chamada Alisa. Conforme Absolin informou, Alisa vem de um tempo e lugar bastante distintos. Alisa, seja imensamente bem-vinda ao Paraíso Exterior."

"Bem-vinda, Alisa," ecoou a assembleia.

"Agora, vamos todos nos acomodar e nos concentrar antes de começarmos."

Uriah, o Arcanjo, foi o primeiro a se pronunciar: "Na última vez em que uma Fruta de Energia Escolhida foi lançada na Dimensão do Vácuo, resultou em desastre. Como responsável por aquele planejamento, assumo total responsabilidade pelo fracasso. Falhei em antever a capacidade destrutiva dos Demônios."

"Oh, não se culpe," interveio o Domínio chamado

Cromonion. "Ainda que fosse o líder, foi um esforço coletivo. A culpa não foi exclusivamente sua."

Absolin levantou-se para falar: "Surpreendo-me que alguém consiga lembrar de tantas eras atrás. De qualquer maneira, também estive envolvido e, de fato, não percebemos a astúcia dos Demônios."

Inclinando-se à frente em sua cadeira estilo trono, o Domínio chamado Cromonion comentou: "Olhem, todos sabemos o que ocorreu. Na última tentativa de lançar uma Fruta de Energia Escolhida para iniciar um Novo Universo, perdemos nosso foco. Tudo se descontrolou; foi um verdadeiro caos. Tivemos que enviar milhões de Anjos para a limpeza. Ugh! Sinto náuseas só de pensar nisso."

"Ei, todos, tive uma ideia", era um pequeno Querubim apertado ao lado de um Arcanjo, "eu acho que entendi o problema!"

"Venha até aqui, pequenino, e compartilhe sua ideia conosco. Precisamos de todas as ideias que conseguirmos. Qual é o seu nome?", indagou o Domínio chamado Cromonion.

O Querubim voou até o área afundado e virou-se para o Domínio, "Oh, Honrado Domínio, meu nome é Acibeel. Tenho uma sugestão para o Honrado Domínio. Acredito que no lançamento anterior, os Demônios conseguiram se infiltrar na Fruta de Energia Escolhida para interromper os átomos enquanto eles estavam se formando. Agora, acho que há uma solução."

"Vamos ouvir."

"Lembra como os Demônios costumavam atravessar as paredes entre as Dimensões e semear o caos? Milhões de nós, Querubins, fomos reduzidos a um tamanho microscópico. Conseguíamos passar por baixo das escamas dos Demônios para fazer cócegas neles."

"Ah, sim, lembro. Os Demônios ficaram tão confusos que abandonaram o ataque e recuaram para os Portões do Inferno. Agora me recordo."

"Pois bem, Honrado Domínio, o mesmo plano poderia ser aplicado agora para assegurar o desenvolvimento adequado da Fruta de Energia Escolhida. Nós, Querubins, poderíamos entrar após o lançamento para ajudar na correta formação dos átomos e protegê-los. Assim, o Novo Universo iniciaria de forma correta", propôs o Querub.

"Continue."

"Enquanto isso, Serafins Armados poderiam afastar qualquer ataque dos Demônios. Tudo funcionaria perfeitamente."

"Está certo, acho que você tem algo aí. Precisamos reunir um bilhão de Querubins na Grande Planície de Recreação. Eles deverão ser reduzidos a um tamanho microscópico para se tornarem microquerubins. Ah, e pode me agradecer por criar o novo termo: microquerubins. Ahem. Os microquerubins serão instruídos sobre o que devem fazer. Meu velho amigo, o Domínio Onslom, pode pronunciar os encantamentos necessários para o encolhimento dos Querubins. Acredito que ele ainda realiza encantamentos."

"Então, vamos fazer isso!", ordenou o Domínio chamado Cromonion.

Absolin interveio, "Você acha que Alisa poderia se juntar aos microquerubins? Ela disse que gostaria muito de experimentar encolhimento."

"Certo, acho que seria aceitável. Vamos juntar Alisa

com Acibeel para garantir sua segurança." Ele prosseguiu, "Agora, Honrados Principados aqui presentes, devem reunir pelo menos um bilhão de Querubins na Grande Planície de Recreação. Encontrem o Domínio Onslom e seu Livro de Encantamentos. Os Querubins devem ser reduzidos a um tamanho microscópico. Todos, por favor, se retirem!" exclamou o Domínio.

Os Principados se moveram uníssonos, deixando o salão para reunir os bilhão de Querubins na Grande Planície de Recreação e buscar Onslom e seu Livro de Encantamentos.

Absolin e Alisa se juntaram ao êxodo, pegando uma Bolha para seguirem.

14

O ENCOLHIMENTO

O Anjo e a pequena menina viajaram até a Grande Planície de Recreação.

Alisa falava, "Estou tão empolgada, Absolin; meu pai às vezes me levava ao laboratório onde trabalhava. Ele explicava sobre os átomos e como eles são os blocos fundamentais de tudo. Eles soam tão misteriosos para mim. Quando escutei o Senhor Cromonion falando em diminuir os Querubins para que pudessem auxiliar os átomos, fiquei muita entusiasmada. Tomara que o encolhimento funcione comigo. Vou ver os pequenos átomos e garantir que estejam a salvo dos Demônios."

"Nossa, você acha que vai gostar disso? Você é muito valente, Alisa. Mas antes, precisamos nos conectar com Acibeel. Ele será seu companheiro no encolhimento."

Ao sobrevoarem a Grande Planície de Recreação, avistaram incontáveis fileiras do que sabiam ser Querubins trajando branco. As fileiras se perdiam de vista, transformando-se em uma névoa distante.

"Parece que tem um bilhão de Querubins aguardando para serem reduzidos", disse o Anjo.

Desembarcaram da Bolha ao lado do velho Domínio Onslom. Ele já se encontrava em pé diante de um púlpito, acompanhado por um Anjo auxiliar.

Quando Domínio Onslom viu Alisa, perguntou, "O que temos aqui? O que é isso?"

"Esta é uma Alisa," respondeu Absolin, "Prometemos a ela que poderia se juntar a Acibeel e aos outros Querubins no encolhimento."

"Bem, o Alisa deve se apressar. Aquele é o Acibeel ali na frente? Ele está esperando lá na primeira fileira. Estou quase pronto para proferir o encantamento."

Alisa apressou-se para ficar ao lado de Acibeel.

Logo que ela se posicionou, Domínio Onslom localizou as linhas corretas na página e entoou, "Ichbar... inbar... enchelendar!"

Num instante, onde antes havia fileiras de Querubins até o horizonte, agora se via o que parecia uma imensa lona branca estendendo-se ao longe. Os Querubins tinham desaparecido completamente.

Absolin ficou pasmo. Em todas as suas eras, nunca tinha presenciado algo assim. A lona branca começou a formar montes e, em seguida, erguer-se formando uma grande nuvem branca. A nuvem branca pairava sobre a Grande Planície de Recreação, como se aguardasse el próxima ação.

Agora que Absolin estava sozinho, decidiu voar da Grande Planície de Recreação até o Café Néctar, situado no alto dos Bastiões. Juntou-se a ele seu amigo Anscar. Encontraram um lugar com uma boa vista da planície e da nuvem branca que pairava sobre ela. Alisa estava em algum lugar na nuvem. Absolin torcia para que tudo desse certo para ela.

15

A PROCISSÃO ATRAVÉS DA PLANÍCIE

A PROCISSÃO do Filho Querdo partiu do Grande Salão de Relaxamento. O palanque e o trono cravejado de joias onde o Filho Querido se sentara foram reposicionados. Organizava-se uma nova procissão.

Os Poderes que transportavam a carruagem aberta com a Fruta Energética Escolhida posicionaram-se nas quatro alças. Eles carregaram a carruagem aberta pelo corredor central, alinhando-a diante do Mestre de Cerimônias, o Domínio chamado Cromonion. Ele regressara às pressas do Grande Salão do Planejamento, postando-se solene junto às portas traseiras do salão.

Um destacamento de Serafins Armados permanecera após a partida da comitiva do Filho Querido. Estes agora assumiam suas posições de guarda, de ambos os lados da carruagem aberta. A Orquestra Prateada do Paraíso Exterior alinhou-se atrás do Mestre das Cerimônias, seguida por uma tropa de trombeteiros a postos para um toque de fanfarra. Encerrando a marcha, os Principados com suas bandeiras os seguiram.

A comitiva estava pronta para avançar. Os trombeteiros soaram a fanfarra. A Orquestra Prateada do Paraíso Exterior iniciou sua melodia. A procissão desfilou pelas portas traseiras do Grande Salão de Relaxamento situado nas alturas dos Bastiões do Paraíso Exterior. Para alcançar à Grande Planície de Recreação, desceu pela larga rampa em zigue-zague até a base. Ao fim da descida, adentrou a imensa extensão da Grande Planície de Recreação.

As bandeiras dos Principados ondulavam ao sutil sopro do vento, enquanto a comitiva rumava à Barreira Invisível. Quando se aproximou, parou. A Barreira Invisível dividia o Paraíso Exterior da Dimensão do Vácuo.

Uma fanfarra de trompetes ressoou pela Grande Planície de Recreação. Os quatro Poderes com a carruagem aberta da Fruta Energética Escolhida avançaram, flanqueados pelos Serafins Armados.

Posicionada a curruagem aberta, dois Serafins Armados aproximaram-se da Barreira Invisível. Um desembainhou sua espada, o outro exibiu um grande disco. Quatro Serafins Armados ergueram os cantos do tapeçaria sob a Fruta Energética Escolhida. Elevaram a fruta, aguardando o comando.

O Domínio chamado Cromonion, Mestre das Cerimônias, ordenou de trás: "Agora."

Rapidamente abriu-se um buraco na barreira, e a Fruta Energética Escolhida foi atirada na Dimensão do Vácuo. O Seraf Armado com o disco o posicionou imediatamente sobre o buraco, selando-o.

Ouviu-se um som como de explosão abafada. A Fruta

Energética Escolhida expandia-se na Dimensão do Vácuo. Ela se expandiu velozmente, como um balão enchendo-se com rapidez. Sua cor estava se alterando.

A voz do Domínio chamado Cromonion, o Mestre das Cerimônias, ressoava agora pela Grande Planície de Recre-ação: "Escutem! Escutem! A Fruta de Energia Escolhida foi lançada. Estamos inaugurando o Novo Universo!"

Um estrondoso aplauso surgiu de toda a assembleia na planície. Fanfarras de trompetes se seguiram e perduraram por extenso período. Todos os olhares se concentravam na expansão explosiva da Fruta de Energia Escolhida, o Novo Universo.

16

CONTROLANDO A ENERGIA

A Fruta de Energia Escolhida, agora irreconhecível, continuava a se expandir, transformando-se no Novo Universo. A nuvem branca que emergira sobre a Grande Planície do Relaxamento havia chegado à Dimensão do Vácuo, vinda do Paraíso Exterior. Após pairar em prontidão, a nuvem desceu sobre a esfera em crescimento e foi totalmente absorvida pela sua superfície externa.

Os microquerubins estavam lá para domar essas partículas, direcionando-as para suas órbitas corretas como átomos adequados.Eles sabiam exatamente o que fazer: cada partícula de energia era agarrada e montada com precisão.

O Domínio chamado Cromonion, o Mestre das Cerimônias, tinha ordenado: "Não deve haver erros."

Acibeel e Alisa se encontravam no meio do caos organizado. Estavam rodeados por microquerubins trabalhando fervorosamente. Alisa pensou, 'Deveria mesmo ter feito isso? É incrível, mas ao mesmo tempo assustador.'

Ela recordava ter visto os Serafins Blindados consumindo fatias da Fruta de Energia Extrema, mas jamais imaginara que dentro dela haveria miríades de minúsculos pontos luminosos. Ela manteve seus braços firmemente ao redor da cintura de Acibeel, agarrando-se a ele.

Quando Acibeel sentiu que ela apertava mais forte, perguntou: "Está tudo bem aí atrás?"

"Sim, acho que sim", gritou Alisa.

"Só me abrace forte. Não quero te perder nessa multidão."

Quando cada partícula, elétron, próton e nêutron estava girando em sua órbita correta, o trabalho dos microquerubins estava completo. Era hora de deixar o universo em rápida expansão e se reagrupar na nuvem branca. Akibeel e Elisa foram arrastados pela massa de corpos enquanto a nuvem branca se reconstituía na Dimensão do Vácuo.

ATAQUE DOS DEMÔNIOS

ENQUANTO OS MICROQUERUBINS se empenhavam no controle da energia no Novo Universo, permaneciam alheios ao que transcorria no exterior. Nas profundezas escuras do vácuo espacial, surgiram os Portais do Inferno. Deles, enxames de demônios jorravam no vazio. Possuíam chifres, asas rechonchudas e longas caudas. Suas armas, lanças e tridentes, emitiam raios intensamente destrutivos. Os Serafins armados, de altura normal na Grande Planície de Recreação, tornaram-se guerreiros gigantescos na Dimensão do Vazio. Formaram uma barreira entre o universo em expansão e os Demônios invasores.

Com movimentos arqueados de suas espadas, os Serafins Armados retalhavam a linha de frente, partindo alguns Demônios ao meio. Os demônios subsequentes testemunharam o ocorrido. Hesitaram, giraram nos calcanhares e retrocederam aos Portais do Inferno.

O Novo Universo estava a salvo e continuava a se expandir vigorosamente. À medida que se inflava, empurrava os Portais do Inferno para oabismo do espaço. Os Serafins Armados regressaram ao Paraíso Exterior; suas missões, cumpridas com êxito.

Com a nuvem branca reconstituída, esta seguiu os Serafins Armados de volta ao Paraíso Exterior. Assentou-se sobre a Grande Planície de Recreação e desdobrou-se como um vasto lençol alvo. O ancião Domínio Onslom ainda aguardava em seu pódio.

Quando o Domínio proferiu o encantamento apropriado,

"Enchelendar... inbar... ichbar", os Querubins retornaram de imediato ao seu tamanho original.

Absolin aguardava ansiosamente por Alisa. Quando Acibeel e Alisa reassumiram sua forma plena, Absolin acolheu sua pequena amiga com um abraço. Agradeceram a Acibeel por todo o seu auxílio. Logo depois, a dupla pegou um Bubble e foi para um Café Néctar, no alto das Ameias. Alisa estava cheia de histórias para compartilhar com Absolin.

A VISÃO DO ALTO

DURANTE TODOS OS ACONTECIMENTOS, Absolin encontrava-se sentado no Café Néctar, no topo das ameias. Foi acompanhado por Anscar, um Anjo Sênior, que se acomodou a seu lado.

Absolin propôs: "Que tal nos sentarmos na varanda?"

Deslocaram-se para outra mesa, buscando uma visão mais privilegiada. Um Querubim serviu-lhes néctares enquanto aguardavam o desenrolar do drama. Anscar contemplava a vastidão da Grande Planície de Recreação, e além da Barreira Invisível.

"Olha, Absolin, ali está uma nuvem branca pairando na Dimensão do Vácuo. E, veja só, mais abaixo, uma procissão com estandartes ao vento. Está logo ao lado da barreira."

O som distante de fanfarras de trompete chegou aos seus ouvidos.

"Pois é," confirmou Absolin, "Estão lançando a Fruta de Energia Escolhida. Observa como ela se expande na

Dimensão do Vácuo, transformando-se no Novo Universo. Imagino o que virá a seguir."

Enquanto observavam, a nuvem branca mergulhou e se dissipou na esfera em expansão. Depois de um tempo, eles viram algo semelhante a uma coluna de fumaça emergindo do Novo Universo e se reconstituindo como uma nuvem branca. Absolin nutria a esperança de que Alisa estivesse a salvo e sob a proteção de Acibeel.

Assim que perceberam a nuvem branca retornar ao Paraíso Exterior, Absolin entendeu que era o momento de encontrar Alisa. Despediu-se de Anscar e voou em direção à Grande Planície de Recreação para saudar sua pequena amiga.

19

ATUALIZAÇÕES

No Café Néctar, Alisa despejou sua história sobre tudo que aconteceu com os átomos.

"Oh, Absolin, foi simplesmente maravilhoso. Primeiro, eu estava com esses milhões de Querubins. Eles me acolheram como se eu fosse um deles. Foi incrível. Depois, fomos todos arremessados no meio de uma tempestade de pontos luminosos giratórios. Creio que eram partes dos átomos. Eles giravam sem parar."

"Acibeel cuidou de você direitinho? Eu estava preocupado que pudesse ser demais para você."

"Sim, ele cuidou; eu consegui ficar agarrada a ele o tempo todo."

"Excelente." Em seguida, Absolin prosseguiu, "Alisa, já que você foi tão valente. Gostaria de participar de outras aventuras? Tem interesse?"

"Ah, sim, eu adoraria."

"Lembra-se de Cromonion, o Domínio de vestes escarlates? Ele estava no comando do Grande Salão de Planejamento, lembra? Ele apenas me informou que eu deveria verificar o trabalho dos Querubins que foram reduzidos a novas nuvens de microquerubins. Estes estão sendo enviados para trabalhar em projetos especiais. Se quiser, pode me acompanhar."

"... Contanto que eu esteja com você."

"Claro que sim, Alisa. Por coincidência, viajaremos mais ou menos na mesma época em que você mora — só um pouco mais cedo. Talvez seja possível deixar você em casa. Vamos ver. O que você acha?"

"Oh, seria maravilhoso. Quando partiremos?"

"Eles me designaram outro Anjo como companheiro de viagem. Então, preciso me encontrar com ele primeiro. Agora, que tal comer um pouco de Bolo de Anjo? Você parece faminta."

Justo quando Absolin se levantava da mesa, um pequeno Anjo Verde-Claro aproximava-se dele.

"Anjo Honorável, você é o Anjo Absolin?"

"Sim, sou eu. Você deve ser meu companheiro de viagem."

"Sim, fui designado para acompanhá-lo em suas inspeções."

"Anjo Verde-Claro, esta é Alisa. Ela nos acompanhará na viagem." Então, virando-se para Alisa, Absolin falou: "Na verdade, Alisa, é verdade,

uma das eras para as quais estamos indo é muito próxima à sua. Quando eu terminar minhas inspeções, podemos te deixar em casa. Tenho certeza de que as outras Alisas estão sentindo sua falta."

"Não tenho certeza se entendi bem, Absolin. Mas farei conforme você diz."

"Vamos levar suas roupas. Antes de te deixarmos lá, você poderá trocar-se. Não vai querer parecer deslocada.

"Certamente."

"Está bem então. Escolheremos uma Bolha e partiremos."

Absolin avaliou as Bolhas que flutuavam e escolheu uma do tamanho adequado. Os três embarcaram para a viagem.

20

A NOVA AVENTURA

Alisa, Absolin e o Anjo Verde Pálido voaram numa Bolha sobre a Grande Planície de Recreação. Dirigiram-se para onde Absolin sabia que havia uma saída para a Dimensão do Vácuo. A Bolha logo estava deslizando na escuridão total.

"Não vejo nenhuma estrela. Cadê as estrelas?", indagou Alisa.

"Aquele imenso globo incandescente que acabamos de passar é onde estão as estrelas. Elas ainda não começaram a aparecer... mas aparecerão."

Num piscar de olhos, percorreram incontáveis anos-luz no espaço, mas fora do tempo. De repente, havia estrelas em toda parte, e eles estavam passando por um grande orbe laranja resplandecente.

"Isso parece um Sol. É tão grande e quente," observou Alisa. "Sim, é um Sol."

"O que é aquilo à nossa frente agora? Existe um planeta marrom com manchas azuis?"

"Sim, existe, Alisa."

Antes que a menina pudesse falar de novo, eles pousaram no planeta marrom e pararam perto de um grande lago cintilante.

"Olha, há uma nuvem branca; eu não esperava que ainda estivesse aqui. Você está vendo, Alisa, bem no meio do lago? Ela está tocando a água. Os microquerubins do Domínio chamado Cromonion continuam trabalhando."

"Sim, eu vejo a nuvem, Absolin. Minha nuvem era assim vista de fora?"

"Exatamente assim."

"O que eles estão fazendo?"

"Bem, eles estão aqui para iniciar a vida. Vamos aguardar um pouco para ver o que acontece."

"Veja, Absolin, a água está ficando verde onde a nuvem está. O que é isso?"

"Isso é parte do trabalho deles, a parte que podemos ver."

Uma película verde começou a se espalhar lentamente a partir da nuvem branca, em todas as direções.

"É isso aí. Eles conseguiram iniciar a vida. Agora, vamos embora. Temos mais verificações a fazer."

Enquanto a Bolha se afastava do lago e subia ao ar, Alisa viu que estava se dirigindo diretamente para uma grande nuvem escura. Ao mergulhar na nuvem, tudo o que Alisa conseguia ver era escuridão.

Depois de percorrer uma distância, ela desceu abaixo da nuvem e caiu em uma tempestade torrencial. Alisa observava a água escorrendo enquanto desciam ainda mais, emergindo numa clareira entre árvores. A chuva parou e a Bolha flutuava acima do solo diante de um grupo de figuras misteriosas. Para Alisa, eles pareciam pessoas muito peludas. Perto da Bolha, no chão, estava uma nuvem branca. Quando a nuvem se ergueu, revelou uma pequena figura deitada na grama longa. À medida que a nuvem se elevava e sumia da vista, Absolin começou a falar com a figura. Ele usava um idioma desconhecido. A figura levantou-se de um salto da grama. A princípio parecia confusa, mas depois se fixou no Anjo e começou a responder. A voz soava como a de uma menina falando.

Alisa ficou intrigada, pensando, 'Sobre o que eles estão conversando?' Ela pensou em interromper Absolin, mas decidiu não fazer isso. O Anjo continuou a conversa por um tempo e, depois de parar de falar, a Bolha retrocedeu e foi novamente envolvida pela tempestade.

Enquanto ganhava velocidade e subia pelas nuvens, Absolin se virou para o Anjo Verde Pálido e disse: "O Filho Querido ficará muito satisfeito com o que os microquerubins realizaram aqui."

Eles subiram acima das nuvens e viajaram entre as estrelas. Então, Alisa avistou um Sol que era maior e mais brilhante do que ela agora esperava. Quando olhou para baixo, as nuvens haviam desaparecido. Não havia nuvens, apenas o azul - e o verde.

Ela pensou: 'Onde será isso? Será que é a Baía de Guanabara?' "Isso é a Baía de Guanabara?" ela exclamou, "Estou em casa!"

"Sim, Alisa, é a Baía de Guanabara."

A Bolha desceu suavemente até flutuar acima do caminho em frente a um edifício residencial.

"Olha, ali está a placa da nossa rua, Rua General Bruce.

Será que tenho que me despedir agora? Acho que esta é a conclusão da nossa viagem."

"Sim, você está em casa, Alisa."

"Vou sentir tanto a sua falta, Absolin. Preciso agradecer por toda a sua gentileza. Nunca vou te esquecer," Alisa conteve um soluço.

"Oh, Alisa, você será sempre bem-vinda como minha convidada. Me dê um abraço e enxugue seus olhos. Um dia nos reencontraremos. Agora vá comer alguma coisa."

Após o abraço, a menina fez uma pausa e ficou em silêncio. Ela saiu cuidadosamente da Bolha e se virou para acenar adeus e mandar um beijo. A Bolha lentamente recuou e voou para longe, acima dos prédios, no céu do crepúsculo. Alisa virou-se em direção à entrada do apartamento.

Sua mãe a ouviu entrar: "Onde você estava, Alisa? Ficou no museu todo esse tempo? Seu jantar esfriou, então o coloquei na despensa. Agora tire seu casaco e venha comer algo. Vou esquentar suas panquecas."

"Delícia, mãe! Estou com água na boca! Estou morrendo de fome."

AS LEOAS

O VELHO LEÃO do Cabo tentava rugir, mas o que saía era uma mistura de rosnado e lamento. O rosnado parecia vir do fundo da garganta do animal. A terrível seca na savana estava cobrando seu preço. Sua idade e o fato de não ter comido nada há três dias estavam começando a enfraquecer suas forças. O rugido seria o suficiente para congelar qualquer presa entre ele e as leoas. Mas hoje, novamente, não havia sinal de presas por perto, nenhum antílope, gazela, ou gnus.

A sombra da fome pairava sobre toda a alcateia. A menos que encontrassem comida, a sobrevivência deles estava em dúvida, com os membros mais jovens morrendo primeiro.

As leoas do grupo foram estimuladas a agir pela fome crescente que roía suas entranhas. Elas se ergueram juntas e partiram para o rio. O que antes era um rio de fluxo rápido agora era pouco mais que um pequeno riacho. As leoas começaram a andar ao longo de sua margem. Talvez algum animal viesse beber. Passaram por uma carcaça imensa. Um abutre estava agachado ali, ainda vasculhando os ossos. Avançando, eventualmente avistaram uma gazela solitária perto do riacho. A gazela bebia, alheia a qualquer perigo.

Como não havia cobertura de arbustos, as leoas precisavam cercar a gazela para prevenir sua fuga. De repente, o animal saltou, assustado. Ele percebeu o perigo. Começou a correr, mas era tarde demais. A leoa mais veloz estava logo em seu encalço. Num único salto, ela agarrou o flanco da gazela. O animal tombou no chão, onde a grande felina afundou seus dentes em seu pescoço. As outras leoas rapidamente se juntaram e começaram a arrancar cada pedaço de carne de seus ossos. Os membros mais jovens do grupo não conseguiriam alcançar nenhuma comida na confusão de corpos. Teriam que aguardar até que suas irmãs mais velhas estivessem saciadas para conseguir sua parte.

As leoas prosseguiram ao longo das margens do riacho. Exploraram várias curvas sem achar nada. Revoadas de pássaros se reuniam à sua frente, mas, à medida que se aproximavam, voavam para longe, desaparecendo como uma miragem. Os grandes felinos continuaram, sob os raios abrasadores do Sol do meio-dia. Então, um aroma desconhecido começou a impregnar o ar. As leoas seguiram na direção do odor e, estimuladas pela fome, começaram a correr para lá. Estavam correndo entre duas florestas quando, sobre uma colina, no centro da savana seca, viram um grupo de seres bípedes. O rebanho estava quase imóvel, como se esperasse pelos grandes felinos. Movidas pelo instinto, as leoas desaceleraram e se espalharam para cercar a presa. O grupo poderia, afinal, sobreviver à estação.

UM TRÁGICO FIM

CRIATURAS bípedes de cabelos escuros emergiam da orla de uma selva. Lutavam para atravessar um labirinto de galhos e arbustos rasteiros. Depois, à luz brilhante do sol, agruparam-se e começaram a caminhar por uma savana. Dirigiam-se para a base de outra selva, à frente. Antes de alcançarem o frescor da selva, um dos criaturas de cabelos escuros avistou um grande felino espreitando entre ele e as primeiras árvores. Olhou para a direita e para a esquerda; grandes felinos estavam por toda parte. Um grupo de leoas agora cercava o banda. Os grandes felinos avançaram e rapidamente abateram todos os seres de cabelos escuros no chão. Cada leoa encontrou um pescoço para morder, dando início às agonias mortais de suas presas. Gritos e uivos preencheram o ar. O banda estava condenado.

Apenas dois machos adultos e uma fêmea jovem conseguiram se desvencilhar de um monte de corpos contorcidos. Correram em terror em direção à segurança das árvores à frente. Ao chegarem às árvores, os adultos se escondiam na vegetação e subiam nos galhos com as mãos. A jovem fêmea não conseguiu manter o ritmo e, ao chegar aos arbustos, seguiu adiante. Em pânico, ela encontrou um bando de mães brincando com seus bebês. A fêmea correu até a mais próxima e aninhou-se no pescoço da mãe. A mãe abandonou o bebê que segurava e envolveu a pequena de cabelos escuros em seus braços, que tremia. Elas ficaram assim enquanto as outras mães saíam para verificar o que havia acontecido na savana. Ali, paralisaram de medo. Ao retornarem, pegaram todos os jovens e escalaram as árvores. A pequena de cabelos escuros foi ajudada a subir em uma árvore e colocada em um deck suspenso por galhos e feito de folhas. Ela ficou lá, tremendo de medo.

Mais tarde, sentando-se, a de cabelos escuros começou a falar suavemente, "Crumm... Crumm...", mas as mães não entenderam.

Elas trocaram olhares curiosos e grunhidos entre si. Elas cheiraram o corpo da pequena de cabelos escuros e brincaram com seus cabelos.

Os machos que escaparam do massacre subiram para os galhos mais altos e observavam, através da folhagem, as leoas ainda devorando os corpos de seus companheiros. Não havia mais gritos nem lamentos. Afora o estalar ocasional de um osso, um silêncio sombrio pairava sobre tudo. Finalmente, quando esses sobreviventes se desviaram da cena de horror, viram que estavam sendo observados por outros criaturas bípedes que os encaravam por entre as folhas.

Um dos sobreviventes tentou falar: "Crumm... Crumm...", mas as palavras não surtiram efeito.

Os outros criaturas bípedes simplesmente viraram as

costas e desapareceram na selva. Com um gesto de resigna-
ção, os sobreviventes voltaram sua atenção para as folhas
ao redor, investigando a flora da nova selva em que se
encontravam. Seus companheiros mortos logo foram
esquecidos.

OS CABELOS ESCUROS

As CRIATURAS bípedes e de cabelos escuros desta história eram os Cee Persh. Eles teriam sido moradores da selva há muitas eras atrás. O nome Cee Persh os distingue de muitos outros mamíferos pré-históricos bípedes conhecidos pelos antropólogos. Os antropólogos chamam um agrupamento como o deles, de banda. Os Cee Persh eram esguios e ágeis, com braços e pernas fortes. A maior parte de seu corpo era coberta por pelos. O banda desta história, quase exterminado pelas leoas, chamaremos de Cee Persh de Cabelos Escuros. Eles estavam a caminho de encontrar seus primos há muito perdidos, de cabelos claros, provavelmente por terem vivido por muitas gerações mais distantes da Linha do Equador. O rosto de um Cee Persh típico não era muito diferente do humano, exceto que suas características não eram tão elegantes e arredondadas. Eles tinham narizes chatos e olhos castanhos escuros em órbitas profundas.

Os Cee Persh comunicavam-se entre si por meio de sons básicos, formados por grunhidos, rosnados e guinchos.

Embora caminhassem principalmente sobre duas pernas, seu habitat na selva fazia com que grande parte de sua existência envolvesse balançar-se de galho em galho e mover-se de árvore em árvore. Os machos adultos mediam cerca de 1,65 metros e as fêmeas adultas, aproximadamente 1,52 metros.

Para sobreviver, os Cee Persh viviam nas árvores das selvas, bem acima do solo, onde estavam seguros dos predadores mais perigosos. Quando confrontados por um inimigo, sua única defesa era gritar ou fugir. Ocasionalmente, se um membro enfrentasse uma ameaça grave, eles simplesmente se mudavam para outra região de árvores. Contudo, onde não havia selva não havia proteção. Os Cee Persh enxergavam tudo com uma visão limitada. Grande parte de sua energia era dedicada à preservação mútua e do banda.

Esta história se desenrola nas selvas do sul do continente africano. As origens de nossos Cee Persh estão envoltas em mistério, assim como o tempo que viveram em seus refúgios na floresta. Embora os Dark Hairs e seus primos Cee Persh de cabelos claros diferissem na aparência, eles compartilhavam o mesmo código genético.

O banda, quase totalmente aniquilado pelas leoas, atravessava uma savana para encontrar outro bando da mesma espécie. Eles poderiam estar visitando para trocar parceiros ou em busca de comida melhor. Esse desastre, o fatídico encontro com os leões, foi atípico, pois os Cee Persh usualmente não se expunham ao perigo em campo aberto. Sua memória coletiva os alertava de que sempre eram mais vulneráveis em espaços abertos, sem árvores.

A VIDA NA SELVA

Assim que os primeiros raios de sol filtravam pelas folhas de seu lar na selva, os Cee Persh iniciavam a busca pelo primeiro alimento do dia. Procuravam por folhas frescas e comestíveis, além de quaisquer amoras ou noz que encontrassem. As mães com filhotes buscavam folhas mais macias, adequadas para as pequenas bocas. Os membros do banda passavam todo o seu tempo entre as copas das árvores. Ao longo das gerações, aprenderam que o lugar mais seguro para eles era entre os ramos mais altos. As folhas e frutos das árvores proviam o alimento necessário. Todos os seus nascimentos, vidas e mortes aconteciam ali, e suas vidas eram majoritariamente pacíficas.

Embora houvesse animais perigosos na selva a serem evitados, os Cee Persh de nossa história conseguiram estabelecer amizades com outros habitantes da selva. As mães desenvolveram uma amizade com os Lagartos de Dentes Afiados que viviam ao seu redor. Estes ofereciam uma camada extra de proteção para os jovens. Os lagartos, ao capturarem aranhas perigosas e outros insetos, agregavam uma proteção adicional. As mães, por sua vez, forneciam amoras aos Lagartos de Dentes Afiados, cujas garras não eram adequadas para colher tais frutos; eram mais úteis para escalar. Sempre que um lagarto dentuço passava por uma mãe Cee Persh, ele recebia uma baga entre suas mandíbulas.

A chegada dos três sobreviventes de Cabelos Escuros do ataque das leoas passou quase despercebida pelo banda de Cabelos Claros. Eles haviam encontrado um refúgio seguro nesta nova selva e rapidamente se adaptaram à rotina diária. Isso era particularmente verdade para a pequena fêmea de Cabelos Escuros. Embora ainda não compreendesse o idioma desses Persh, percebeu que havia uma relação especial entre as mães e os Lagartos de Dentes Afiados. Ela subia até onde um pequeno estava sendo alimentado e observava uma amora sendo colocada na boca de um lagarto que passava. As mães ensinaram a sua nova filha a alimentar um lagarto com uma amora. Rapidamente, ela se uniu às mães no cuidado com os jovens.

UMA AMIZADE INCOMUM

A FORTE AMIZADE entre o banda de Cee Persh e os Lagartos de Dentes Afiados surgiu após os Persh fugirem para escapar de uma praga de Macacos do Cabo. O banda teve que se mudar para outra parte da selva por segurança. Os macacos frequentemente atacavam os Persh, tentando capturar as fêmeas jovens. Isso representava uma séria ameaça ao banda, que precisava proteger seus jovens com afinco. Agora, nesta nova parte da selva, eles encontraram segurança e, por sorte, os Lagartos de Dentes Afiados. A amizade com os lagartos floresceu. Os Cee Persh sentiram-se seguros.

No entanto, certa vez, ao entardecer, alguns Persh, próximos a uma clareira na selva, ouviram um som aterrorizante. O som lhes causou arrepios. Os gritos que ouviram só podiam ter sido emitidos pelos temíveis Macacos do Cabo. Os macacos descobriram onde os Persh haviam se refugiado e logo estariam a caminho para tentar capturar as jovens fêmeas. Com certeza, quando algumas mães e jovens fêmeas se acomodavam em seus ninhos, os Macacos do Cabo perceberam sua presença.

Um macaco surgiu pela densa folhagem até um ninho e dirigiu-se a uma jovem fêmea. Agarrou-a pelo braço e envolveu sua cintura. Ela gritou quando foi erguida e o macaco começou a recuar para a folhagem densa. Porém, um Dente Afiado, agarrando-se a um tronco de árvore, saltou lateralmente sobre o ombro do Macaco do Cabo e fincou seus dentes no pescoço do macaco. Outros Dentes Afiados surgiram e agarraram os braços e pernas do macaco. Eles afundaram seus dentes na carne. O macaco gritava e se debatia descontroladamente. Ele soltou a jovem fêmea Persh e virou-se para fugir. Ao fazer isso, esbarrou em outros Macacos do Cabo que chegavam para a caçada. Estes macacos receberam o mesmo tratamento dos Dentes Afiados, com dentes cravando-se em carne inesperada. Houve um grande tumulto de gritos enquanto os Dentes Afiados seguravam os braços e pernas dos macacos em fuga e os animais tropeçavam ou caíam ao solo.

Apesar dessa vitória dos Dentes Afiados, permanecia o medo constante de que, eventualmente, os Macacos do Cabo ultrapassassem os lagartos e alcançassem as jovens fêmeas. O banda de Persh agora vivia na extremidade do limite mais distante de sua área na selva. Se os Macacos do Cabo superassem os lagartos, não teriam para onde ir. A única solução permanente seria alcançar a outra selva, visível através de uma vasta extensão de savana. Seus instintos alertavam sobre os perigos de se expor em terreno aberto. Esses mesmos instintos indicavam que, durante uma travessia, apenas uma chuva torrencial bloquearia o odor de seus corpos das narinas dos predadores errantes. Eles teriam que aguardar a chuva torrencial da estação chuvosa para fugir em busca de segurança definitiva. O mais velho dos Persh fez com que o bando aguardasse até o primeiro grande temporal. Eles esperariam e esperariam até que o momento fosse oportuno.

A fuga seria angustiante. Este era o único lar na selva que esse banda conhecia. Eles não tinham memória do que ocorreu com seus antepassados. Mas era hora de se mudar para uma nova selva, sem os ferozes Macacos do Cabo.

26

UMA NOVA SELVA

Nuvens escuras começaram a encobrir o lar na selva do banda dos Cee Persh. As primeiras chuvas da estação chuvosa então começaram. Era o momento de os Persh buscarem um novo lar naquela selva, além da savana. Num amanhecer, as chuvas eram um verdadeiro dilúvio e não cessavam.

Um ancião gritou: "Graaak... grick... graaan..."

Todos os membros do banda interromperam suas atividades e, deixando para trás seus ninhos e deques de folhosos, dirigiram-se ao solo da selva. Os saudáveis auxiliavam os frágeis. As mães acomodavam seus filhotes sob os braços enquanto desciam ao solo. O banda reuniu-se na vegetação rasteira, preparados para seguir os Persh mais experientes rumo ao dilúvio ofuscante.

"Greeek... greeek!", o banda esforçava-se para prosseguir.

Logo, a água estava escorrendo por todo os corpo. Tudo o que os Persh viam era uma muralha de água caindo, mas mantinham-se em movimento. Haviam passado tanto tempo observando seu refúgio almejado que conseguiriam encontrá-lo mesmo de olhos fechados. Caminhavam sob a chuva até que, de repente, onde só viam água, surgiram arbustos e silhuetas de árvores à frente. Após dois machos mais velhos inspecionarem o local e constatarem segurança, todo o banda avançou por entre os arbustos e moitas. Subiram pelos galhos e começaram a escalar em direção ao novo lar. Apesar de encharcados, sentiam-se felizes por estarem seguros.

A primeira tarefa foi construir ninhos para as mães com bebes.

Devido à água pingando das árvores, foram erguidos em locais abrigados. As chuvas torrenciais persistiriam, pois, a estação mal havia começado.

Gradualmente, os Persh retomaram sua rotina de alimentação, descanso e higiene. Havia uma paz e tranquilidade entre as árvores que lhes traziam serenidade. Embora não houvesse Lagartos de Dentes Afiados, sua proteção não era necessária.

Essa paz e tranquilidade duraram até que, logo após um amanhecer em particular, ouviu-se o terrível grito de um jovem macho: "Graakee...".

O jovem Persh gritou em terror quando um enorme Gorila-do-Cabo balançou entre as árvores e o agarrou pela garganta. O gorila chacoalhou o Persh pelo pescoço e atirou-o ao chão. Esse primeiro gorila foi seguido por outro, que agarrou um segundo jovem macho pela garganta, esmagou seu rosto com um punho e o lançou ao solo. Esses animais ferozes foram alertados da presença dos Persh por seus grunhidos matinais. Os gorilas, provavelmente expandindo seu território, viam os Persh bípedes como obstáculos.

Alguns membros do banda ainda estavam em seus ninhos, mas todos ouviram o grito aterrorizante. Seu instinto de sobrevivência despertou subitamente e começaram a afastar-se, de galho em galho, da ameaça. Foram forçados a abandonar o novo lar, com todos seus ninhos e poleiros.

Eventualmente, o banda distanciou-se o suficiente para que os gorilas enfurecidos perdessem o interesse na perseguição. Ao chegarem à borda da selva, não restava outra opção senão descer. Iniciaram o balanço até o solo da selva. Os machos atacados esforçaram-se para se juntar a eles. Assim que o banda se reuniu por completo, deslocaram-se entre os troncos das árvores. Chovia intensamente quando partiram em busca de outro refúgio na selva e de segurança. Confiavam que a chuva persistiria.

27

UM ENCONTRO ESTRANHO

Os Cee Persh, em fuga, atravessavam o que agora era uma tempestade cegante. Os machos mais idosos, à frente do bando atormentado, não conseguiam enxergar nada adiante. Porém, o temor de que os gorilas estivessem em seu encalço os impelia a prosseguir. Ainda sob o dilúvio da tempestade, subitamente o céu acima deles clareou. A chuva cessou, e o ar resfriou. Os Persh, sentindo um novo perigo, detiveram-se. A água ainda percorria seus corpos peludos quando uma névoa sutil começou a envolvê-los gradualmente.

Alguns adultos mais velhos emitiram grunhidos de "Graaa…graaa…" confusos.

A névoa transformou-se em neblina e depois condensou-se em uma nuvem branca. A nuvem envolveu o jovem sobrevivente de cabelos escuros. Ela, que estava próxima às mães Persh, agora estava completamente oculta na nuvem; desaparecera.

Enquanto isso, uma imensa esfera translúcida surgia por

entre as cortinas de chuva torrencial. Flutuava sobre a alta grama e movia-se em direção à nuvem branca. Dentro da esfera, três figuras luminescentes pairavam no ar. Os Persh que testemunharam o acontecimento permaneceram em silêncio estupefato ou moviam-se inquietos.

A nuvem branca elevou-se e pairou alto sobre a cena. A pequena Persh de cabelos escuros foi revelado, deitado na grama úmida. Ela se levantou imediatamente olhou para a esfera translúcida. Lá estavam três figuras alinhadas, lado a lado. Uma figura alta no centro ostentava cabelos dourados, vestida com um longo manto branco e tinha imensas asas emplumadas. Ao seu lado, uma figura menor, quase uma réplica da maior. Tinha asas, porém era de um verde pálido e aproximadamente do tamanho de um jovem Persh. A figura do lado oposto era diferente. Possuía longos cabelos escuros e vestia uma túnica prateada reluzente, cingida por um cordão dourado. Esta figura não tinha asas próprias, mas postava-se sob uma asa da figura alta. Cada rosto das figuras, embora não muito diverso de um rosto Cee Persh, exibia olhos e boca, com superfícies lisas.Todos os três rostos exalavam cordialidade, e os olhos brilhavam como estrelas. Aqueles olhos fixos diretamente na pequena criatura de cabelos escuros. "... Saudações, Ahn. Trago-lhe saudações do passado... e do futuro. Chamo-te Ahn, pois é o nome que recebi para ti", falou a figura alta. Ele prosseguiu, "Estou aqui para dizer que agora compreendes o que falo. Agora podes falar a língua que eu falo. Entendes o que ocorre ao teu redor e podes imaginar o que acontece em outros lugares. Acreditas no futuro."

"... Graaa...graaa... o quê... quem... quem és tu?" Ahn esforçou-se para falar.

"Não temas. Eu sou Absolin, um Anjo. Vim aqui para confirmar que a nuvem branca cumpriu seu propósito adequadamente. Sua tarefa era transformá-lo em um ser que nunca antes havia existido. Agora, você é esse Ser Novo", falou o Anjo com uma voz melodiosa.

"Vo... vo... você vai me levar embora?", indagou Ahn, buscando compreender o que ocorria.

O anjo respondeu: "Você permanecerá com os de Cabelos Claros para auxiliá-los a sobreviver. Sei que empreenderás uma jornada, mas desconheço os detalhes. Recebeste o dom de uma nova luz para tua mente e a capacidade de compartilhar essa luz com outros. Também foram-te concedidos dons para teu corpo, para que possas sobreviver e perseverar."

"E... você ficará comigo?", perguntou Ahn.

"Nosso lugar não é aqui. Pertencemos a outro lugar. Agora partiremos", respondeu ele, e acrescentou: "Ahn, cuide bem de ti... e dos outros."

Nesse instante, o trio que pairava recuou na esfera translúcida, desaparecendo entre as cortinas da chuva torrencial.

Ahn sentou-se na grama úmida, sua mente girava enquanto tentava se localizar.

"Onde estou? Com quem estou?", perguntou a si mesma, sentindo-se como se despertasse de um longo sonho, "De onde vieram todas essas cores? Por que meus cabelos estão tão molhados?"

Os Persh assustaram-se ao ouvirem esses sons incomuns. Emitiram grunhidos entre si. Ahn usava seu novo idioma.

Era como se ela sempre tivesse vivido em uma caixa pequena que, subitamente, fora aberta para a luz.

Ela pensou: 'Sinto-me completamente diferente por dentro e agora tão distinta daqueles que estão comigo. O que serão eles para mim agora? Em meu novo idioma, eu os chamarei pelo nome que o Anjo me deu. Eles são minha família de Cabelos Claros.'

A chuva torrencial começou a envolver o bando. Os mais velhos lideraram novamente a busca por outra selva sob a chuva. Enquanto avançavam, Ahn juntava milhares de pensamentos e sentimentos em sua mente. Ela enfrentava um mundo inteiramente novo. Estrelas luminosas de todas as cores cintilavam em sua mente, em agudo contraste com o sombrio dilúvio. Até a água fluindo entre os pelos de seu corpo ganhara um novo significado. Era como uma manifestação física de algo que ela nunca conhecera. Transbordava de alegria.

Havia a certeza de que os de Cabelos Claros em fuga logo alcançariam a segurança de outra selva. Tudo ficaria bem.

O grupo escalou uma ladeira sob a chuva torrencial, tropeçando na grama alta. Depois, enfrentaram matagal e densa vegetação rasteira antes de chegar à face escura de uma nova selva. Sem verificação de segurança, apenas o alívio por terem encontrado abrigo. Eles confiavam que estaria seguro.

APÓS O ANJO

A CHUVA PERSISTIA enquanto os Cee Persh adentravam sua nova morada na selva. Seus instintos ainda ressoavam com os eventos vivenciados pela fêmea de Cabelos Escuros. Eles não buscaram perigos; simplesmente irromperam e começaram a saciar a fome com folhas e amoras. Comiam como lagartos vorazes. As fêmeas alimentavam seus filhotes com pedaços de comida.

Após saciarem a fome, os machos construíram ninhos e outros refúgios para dormir. Como ainda chovia, optaram por lugares mais baixos, com menos gotejamento da água. Construíram como sempre fizeram, e Ahn juntou-se ao trabalho. Com sua recém-adquirida compreensão, ela auxiliava na criação de abrigos mais confortáveis. Ela sabia dar nós em galhos, uma habilidade que jamais imaginara possuir.

"...Você está fazendo um trabalho admirável, minha pequena Novo Ser de Cabelos Escuros. Estou tão feliz em cumprimentá-la..., uma voz melodiosa ecoou dentro de Ahn." Ela interrompeu suas ações, atônita.

Era mais uma novidade para ela.

Questionava-se: 'De onde vem essa voz? Será a voz daquela entidade luminosa?'

A voz soou novamente: "...Espero que possamos nos encontrar logo. Tenho tanto para te mostrar..."

Ahn, aliviada, exclamou em voz alta: "Quem é você? Você está aqui?

Onde se encontra?"

Não houve resposta. Embora as palavras vibrassem dentro dela, pareciam vir de um lugar distante. Ela sentiu-se grata por essa voz.

Alguém, em algum lugar, cuidava dela. Desejava que a voz retornasse e revelasse mais.

Nomeou-a de "A Voz Melodiosa".

A INSTRUÇÃO

OS MACHOS CEE PERSH haviam preparado um ninho para a fêmea transformada. Instintivamente, perceberam que a de Cabelos Escuros havia mudado, tornando-se algo diferente. Sentiam uma nova força em sua presença. Quando seu ninho ficou pronto, Ahn, exausta, nele se acomodou e rapidamente adormeceu. Ela dormiu profundamente naquele dia e parte do dia seguinte. Ao despertar, seu primeiro contato foi o aroma da selva e o canto jubiloso dos pássaros.

Recostou-se, acariciando os pelos do corpo. Em seguida, sentou-se para se observar. Olhando para si, pensou: "Amo como meus seios e barriga são suaves e quentes, e como os pelos aderem delicadamente à minha pele." Não via seu rosto, mas sentia-o liso e aquecido. Pensou: "Ah, como sou bela! Vejo-me cercada por tantas cores, nuances de verde e marrom. E as árvores, em todas as direções, fundem-se na escuridão." Notou manchas azuis no alto.

Sua imaginação fluía quando foi interrompida pela Voz Melodiosa: "... meu pequeno Novo Ser...", ele disse, "... é preciso unir-se ao macho que está acima de ti no galho bifurcado. Você deve acasalar somente com aquele Cabelo Claro. Eu lhe dei o conhecimento do que deve fazer..."

Ahn ergueu o olhar e avistou um jovem macho Cee Persh sobre um galho partido acima dela. Ele se destacava contra a luz matutina, e ela pensou: 'Ele parece encantador contra o céu. Seus cabelos são tão claros, mas será que consigo fazer isso? Sou ainda jovem e mal alcancei minha maturidade. Estarei pronta? Mas a Voz Melodiosa diz que devo fazê-lo... então lá vou eu! Sinto completa confiança na Voz Melodiosa. Estou pensando na palavra em Cabelos Claros para ajuda, "Grruu", então chamarei ele de Croh.'

Ela sabia o que tinha que fazer e balançou em direção a ele. Ahn percebeu que os Persh agora eram bastante tímidos perto dela. Ela se perguntou como Croh reagiria à sua orientação.

Ela grunhiu: "Graak... graak..." em Persh e apontou para onde estivera deitada.

Quando Ahn chegou à cama de folhas, deitou-se e fez um gesto para Croh se deitar ao seu lado. Croh desceu até seu ninho.

Seu corpo estremeceu de emoção ao ser tocado pelo jovem pela primeira vez. Lágrimas brotaram em seus olhos ao encontrarem os dele. Os corpos masculino e feminino logo se entrelaçaram em um abraço.

Ahn sentia-se feliz, certa de que a Voz Melodiosa ficaria satisfeita com a união. Enquanto Ahn e Croh jaziam juntos, raios de sol filtravam-se por entre as folhas. O canto dos pássaros ressoava pela selva e os insetos zumbiam ao redor. O casal começou a beliscar folhas e frutas. Eram parceiros num relacionamento novo e misterioso. Três fêmeas Persh se agacharam próximas ao casal, observando tudo. Quando Ahn as percebeu, sorriu para si mesma, divertida. Nomeou-as "Itsi, Bitsi e Citsi". Elas testemunharam o início da relação entre Ahn e Croh.

30

O ROSTO BRANCO

AHN SEMPRE DIZIA aos machos Cee Persh onde eles deveriam ficar de guarda, dia e noite. Isso a fazia sentir-se segura. Às vezes, à noite, enquanto jazia em seu ninho, deixava sua mente vagar até a figura branca e luminosa na Bolha. Uma noite, enquanto estava deitada, viu algo branco espreitando pela copa das árvores acima.

'O que é isso?' pensou ela, 'Por que é branco?'

Ela se ergueu e rumou para o topo das árvores. Ao encontrar um galho para se agarrar, observou atentamente por entre as folhas. Ali estava aquele objeto branco no escuro, entre inúmeros pontos luminosos. Ahn percebeu que era redondo e tinha um rosto.

Ficou a contemplar aquele rosto por longos momentos e começou a falar: "Oh, Rosto Branco, você parece tão distante. Pode se aproximar? Por que nunca vem à selva?"

Ahn se alegrava por conseguir criar novos sons e lhes dar significado. Ela estava feliz por ter um novo amigo, mas suas palavras não pareciam afetar o rosto. Não houve resposta, apenas o silêncio interrompido pelos fracos gritos de um animal ao longe.

Ahn continuou a observar enquanto ela dizia o nome, "White Face", e então, "Que visão maravilhosa você é. Sinto-me tão atraída por você."

Ela até cantarolou uma canção, mas ainda assim não obteve resposta.

Pensou: 'Será que Rosto Branco é a origem da Voz Melodiosa?'

Enquanto Ahn observava, Rosto Branco movia-se entre os pontos de luz na escuridão. Ele começou a descer e finalmente sumiu entre as copas das árvores distantes.

Quando ele desapareceu, ela pensou: 'É onde o White Face descansa? É aí que ele tem seu ninho?'

Depois que o Rosto Branco desapareceu, Ahn desceu de galho em galho até elas próprio ninho, caindo em um sono agitado. Nas muitas noites seguintes, Ahn subia aos topos das árvores para falar com Rosto Branco. Ele mudava de forma e às vezes não aparecia, mas Ahn sempre lhe dirigia palavras. "Oh, Rosto Branco", ela dizia, "como você está? Você parece tão diferente agora."

Nunca havia resposta, mas Ahn continuava a conversar. Contava-lhe todos os eventos do dia, com riqueza de detalhes. Ela falava assim até Rosto Branco se esconder nas copas das árvores distantes e ir descansar. Numa dessas visitas, Ahn pensou: 'Preciso encontrar o ninho do Rosto Branco... descobrir onde ele dorme. Isso significará deixar esta selva e ir até onde Rosto Branco vive. Não posso ir sozinha. Os de Cabelos Claros terão que vir comigo. Teremos que partir juntos.'

31

A FRUTA COR–DE–ROSA

NUMA MANHÃ, ao despertar, Ahn notou que o céu estava excepcionalmente luminoso. A luz cintilava entre os galhos mais altos. Não havia mais gotas de chuva caindo. A estação das chuvas havia acabado. Os Cee Persh já haviam construído novos ninhos e deques nas alturas das árvores. Contudo, Ahn sentia-se inquieta. Ela ocasionalmente se perguntava sobre o destino dos seres na Bolha, pensando que talvez nunca mais os visse. Era hora de buscar o ninho do Rosto Branco, imaginava ela, provavelmente no topo das árvores distantes. 'Como farei para os de Cabelos Claros me acompanharem?', questionou-se.

Numa manhã, a Voz Melodiosa ecoou dentro dela: "... Vá até a margem da selva. Veja o que consegue encontrar..."

Ahn e Croh foram até a beira da selva. Ela observou a savana. A linha de troncos estendia-se ao longe, e a vegetação rumava até outra extensão de selva. Esta selva cobria colinas baixas, e além delas, uma montanha distante de topo branco erguia-se até o céu. Ahn pensou: 'A montanha de topo branco deve estar na mesma direção do ninho do Rosto Branco.' Logo após a selva, ela avistou o que pareciam ser arbustos de frutas cor-de-rosa. Os Cee Persh não comiam nada além de verde, marrom ou vermelho, mas Ahn imaginou que eles pudessem apreciar essas frutas exóticas.

"... Vá comer, pequenina"... insistia a Voz Melodiosa.

Ao pegar uma fruta e abrir sua casca dura com um galho, Ahn descobriu um interior doce e suculento. 'Usarei estas como agrados para os de Cabelos Claros', pensou. Ela colheu várias, abriu-as e as colocou numa bandeja de casca de árvore. Não eram suficientes para todos, então decidiu oferecê-las primeiro aos machos.

Levou as frutas cor-de-rosa até um deque onde estavam os machos mais velhos, que se deliciaram com a novidade. Ao voltar ao solo, Ahn chamou em Persh: "Eh... eh... eh...". Os machos reuniram-se ao seu redor e ela indicou a direção das frutas cor-de-rosa, gesto seguido por todos em direção à savana.

Antes de mostrar as frutas ao grupo, Ahn sabia que os machos precisariam aprender a se proteger e resguardar o banda fora da selva. Eles estavam vulneráveis a todos os tipos de perigos, entre os quais animais mais fortes do que eles. Era a hora de treiná-los para obedecerem a suas ordens.

Ela fez com que se sentassem ao seu redor e iniciou a lição. Escolheu um dos machos mais robustos e indicou que viesse à frente. Junto a si, já havia uma pilha de frutas cor-de-rosa e ela demonstrou como abri-las com um galho. Essa pilha estava ao seu lado quando ela iniciou sua próxima ação. Ela ergueu o braço direito acima da cabeça e sinalizou para o jovem Persh imitá-la.

"Orgh… orgh… orgh…", ela vocalizou, mas encontrou um olhar desprovido de entendimento.

Ela ergueu o braço novamente, ainda sem resposta. Ahn repetiu o gesto várias vezes até que, finalmente, o jovem Persh ergueu seu braço. Anh avançou, acariciou sua bochecha e colocou uma fruta cor-de-rosa em sua boca. O jovem Persh permaneceu imóvel por um instante e, como que transformado, soltou um grito. Ele ergueu ambos os braços no ar e girou em círculo.

"Aaagh… aaagh…", exclamou ele, exultante.

Ahn repetiu o exercício com cada um dos machos até que todos aprendessem a levantar o braço em resposta a ela. Cada um recebeu uma fruta cor-de-rosa como recompensa. Este treinamento de obediência revelou-se crucial à medida que os machos aprendiam a seguir instruções. Eles adquririam habilidades para proteger o bando enquanto atravessavam a savana rumo ao ninho do Rosto Branco. O desejo pelas folhas da selva seria esquecido; em vez disso, confiariam em Anh para orientá-los sobre os alimentos a serem consumidos na jornada.

Anh sabia que tinha sido bem-sucedida. Sentia-se confiante e serena quanto ao seu plano. 'Maravilhoso, simplesmente maravilhoso', pensava ela. Com sua habilidade para abrir as frutas, ela agora poderia levar os Persh para fora de sua casa na selva e guiá-los em sua missão. O banda inteiro a acompanharia, confiante de que estavam indo para um lugar melhor. Eles seguiriam sua líder para onde quer que ela os guiasse.

32

AUTODEFESA

No amanhecer seguinte, Ahn juntou-se a Croh, aos machos adultos e a todo o banda de Cee Persh, até o mais jovem. Eles se reuniram na borda da selva, prontos para a jornada. Ahn os organizou em três filas. Os machos adultos formavam duas linhas paralelas, com uma fila de fêmeas e jovens entre eles, oferecendo alguma proteção. Sem armas, era crucial que a coluna se mantivesse próxima à selva, pronta para buscar refúgio nas árvores em caso de perigo. Estavam iniciando a primeira etapa da jornada em busca do ninho do Rosto Branco.

Habitualmente acostumados a comer frequentemente, Ahn garantiu que o grupo levasse folhas frescas para mastigar pelo caminho. Ela mesma carregava uma bandeja de casca com as frutas cor-de-rosa, destinadas a um propósito especial.

Pouco antes de partirem, Ahn lançou um último olhar sobre a savana. Observou uma esfera translúcida flutuando ao longe. Ela permaneceu ali por alguns momentos antes de desvanecer. Ahn não permitiu distrações e deu a ordem de marcha: "Graw... graw".

O grupo avançou pela savana, contornando a selva, fiéis ao sonho de sua líder. Alcançaram uma descida e seguiram através de arbustos na altura da cintura. Ahn avistou mamutes ao longe, embora não soubesse o que eram. Um rebanho de gazelas, assustado, fugiu ao vê-los.

Chegando à base de uma colina, Anh percebeu uma parte desmoronada, revelando uma área de pedras soltas. Ela se aproximou das pedras, abaixou-se para examiná-las. As pedras eram afiadas e planas, adequadas para defesa. Anh chamou os machos adultos e apontou para as pedras. Pegou uma, ligeiramente maior que seu punho, e incentivou o grupo a fazer o mesmo. Após várias tentativas, os machos entenderam e começaram a recolher pedras. Ahn recompensou cada macho adulto com um pedra com um fruto rosa. Logo, cada um tinha uma pedra afiada e plana. Eles agora estavam preparados para a autoproteção.

"Agora devemos nos preparar..." Ela parou quando percebeu que não estava falando na língua deles. Então ela continuou: "Grrh ... gronk..." O banda retomou sua formação em filas, indo para o ninho do Rosto Branco. Ahn procuraria outras maneiras de proteger o banda.

ONDE MIRAR

ANTES DO SOL atingir o zênite, chegaram a uma nova área da selva. Parecia um local adequado para abrigo.

"Grraan... fiquem aqui!" Anh ergueu os braços, sinalizando para o banda parar antes de entrar na selva com dois jovens.

Quando tudo pareceu seguro, todo o grupo adentrou.

Ahn notou, em um canto, árvores jovens, apenas mudas, esguias e altas. Cada macho precisaria de um galho longo para defesa. Ahn segurou o tronco mais próximo. "Eles serão perfeitos", pensou ela, parando para considerar.

Firmando sua rocha, ela começou a cortar a base da muda. Um dos machos mais velhos entendeu e começou a fazer o mesmo em outro tronco.

Os machos sentaram-se juntos entre as árvores, observando Ahn atentamente.

Grunhiam em aprovação: "Grrh... grrh". Duas mudas foram cortadas e caíram ao solo.

Anh ergueu-se e observou seu trabalho.

Ela esticou os braços em autocongratulação e exclamou: "Aaaaah... que belo trabalho."

Ela então desbastou os galhos até formar um cajado longo e reto, com mais de duas vezes a altura de um macho Persh. Alguns dos machos mais velhos já haviam começado a cortar os galhos, imitando o que Anh havia feito. Outros machos perceberam o que estava acontecendo e começaram a buscar suas próprias árvores. Ao cair da noite, vários bastões longos e delgados já estavam prontos.

Na manhã seguinte, a atividade recomeçou com a confecção de mais postes. Então iniciou-se o treinamento de como usar os postes para proteção contra animais perigosos. Os machos formaram um círculo, olhando uns para os outros surpresos. Cada um estava armado com uma pedra afiada e um poste defensivo. Estavam prontos para a ação.

Começando pelos pequenos animais que perambulavam pelo chão da selva ou escalavam os troncos das árvores, Anh ensinou os machos a usarem suas novas ferramentas defensivas. Ela foi inspirada tanto pelas instruções da Voz Melodiosa quanto por sua própria sabedoria e insights. Os machos aprenderam a identificar as partes sensíveis de um animal e a cutucar e espetar até que o animal se sentisse desconfortável o suficiente para recuar e buscar abrigo. Eles aprenderam a atingir os olhos, o nariz e as orelhas de um animal agressivo, partes geralmente sensíveis e vulneráveis ao toque da ponta de um bastão. Também aprenderam a importância da precisão. Não demorou muito para essas habilidades se tornarem essenciais na proteção do grupo. Anh observava os machos ao seu redor e à sua frente.

Estavam sob sua proteção, e ela sob a deles. Uma sensação de calma e realização a invadia.

O grupo encontrou refúgio naquela parte elevada da selva. Ahn designou vigias para a noite. No alvorecer seguinte, após algum tempo absorta em pensamentos, Ahn decidiu que era hora de seguir em frente. Ela desceu até o solo da selva e mobilizou os Persh para a ação.

Aproximou-se dos machos mais velhos e apontou para a direção a seguir: "Eh… eh… eh…" Ela usava sons Persh para indicar "lá". Quando compreenderam, o bando formou sua coluna de três linhas e partiu.

OS GAVIOES

À MEDIDA que os Cee Persh prosseguiam, encontraram um barranco profundo. A coluna parou abruptamente. Ahn, Croh e dois jovens Persh até a beira da ravina e olharam para baixo. No fundo, um riacho fluía entre dois penhascos íngremes e rochosos. A travessia do barranco era necessária para alcançar a selva do outro lado, sendo esta a única opção. Isso exigia descer de um lado do barranco e subir o outro. Ahn enviou eles dois jovens Persh para descer até o riacho.

Ao chegarem lá, gritaram para Ahn: "Graah... graah...", sinalizando que estava tudo bem e era seguro.

Enquanto dois vigias se mantinham em alerta, o banda desceram a face do penhasco. Os mais jovens e frágeis receberam ajuda na descida.

Depois de todo o grupo atravessar o riacho, era hora de escalar a face oposta do penhasco. Ahn enviou primeiro os dois jovens Persh ao topo para demonstrar como escalar. Então, o restante do banda iniciou a subida. Quando algumas crianças auxiliadas pelas fêmeas alcançaram a metade da subida, uma súbita explosão de gritos ecoou acima. Um bando de gaviões ferozes mergulhou no desfiladeiro. Com asas em movimento e gritos estridentes, eles investiram com garras à frente, tentando agarrar pequenos corpos.

Com uma mão segurando o penhasco rochoso e a outra empunhando um bastão de defesa, os machos que escalavam o penhasco usavam seus polos para afugentar as aves. Os polos acertavam os gaviões sob a asa ou no bico. Consequentemente, os gaviões falharam em capturar suas presas. Emitindo gritos altos, um a um, eles abandonaram o ataque e se afastaram voando. Todo o grupo conseguiu continuar a subida e alcançar o topo do penhasco em segurança.

Uma selva densa os aguardava no topo do penhasco. Após uma rápida verificação para garantir a segurança, o grupo adentrou as sombras da selva. Ahn decidiu que era hora de descansar da viagem. Os machos começaram a construir ninhos para tornar a estadia confortável, pelo tempo que durasse o repouso. Naquela primeira noite, Ahn subiu nos galhos mais altos de uma árvore e olhou para o céu em busca do Rosto Branco. Naquela noite, o rosto estava completamente redondo.

"Oh, Rosto Branco, como estou feliz em falar com você novamente. Parece que faz tanto tempo desde que falei com você pela última vez."

Ela desabafou seu coração para o Rosto Branco antes de descer para encontrar um ninho e dormir profundamente.

35

UM ATAQUE PERIGOSO

QUANDO AHN DECIDIU que o banda de Cee Persh estava descansado e revigorado, ela anunciou: "Graa... graa... graa!"

O banda desceu de sua morada temporária e se reuniu em uma coluna de três linhas, além das árvores. Assim que o sol começou a subir no céu, deixaram para trás o perigoso desfiladeiro. Ahn havia observado até o horizonte para garantir a segurança. A coluna retomou sua marcha. O ar estava calmo ao iniciarem. Os únicos sons eram o zumbido dos insetos, os chamados de pássaros distantes e o barulho dos pés pela grama alta.

Mais tarde, ao passarem por uma área de arbustos, ouviram-se gritos altos vindos das árvores próximas. Com o ruído dos arbustos e o estalar dos galhos, um gorila gigante surgiu. Ahn não poderia ter previsto isso.

O animal surgiu da selva, agitando os braços agressivamente, indo diretamente em direção à coluna. Atrás deste primeiro gorila, surgiram outros animais de aparência feroz, todos gritando descontroladamente. A primeira linha de machos imediatamente abaixou seus polos de defesa e manteve a posição. Quando o primeiro gorila alcançou a linha, polos afiados perfuraram repetidamente seus olhos e nariz. O animal rodopiou em agonia e parou.

Ele agonizou alto e esfregou os olhos: "Naaaa... naaa..."

Ele oscilou enquanto cambaleava de volta para os arbustos.

Outros gorilas receberam tratamento semelhante. Eles gritaram e esfregaram seus rostos e, após se revolverem na grama, recuaram para os arbustos. As fêmeas Persh haviam se movido para trás da segunda linha de machos, mas dois gorilas conseguiram passar pelos polos defensivos. Estes correram em direção à linha de fêmeas.

O primeiro gorila atacou uma fêmea que defendia seus filhotes. Ele agarrou seu braço de defesa com as mandíbulas e a jogou no chão. Os dentes do gorila continuaram a morder seus braços e pernas. Uma fêmea mais velha confrontou o outro gorila. Ele a feriu no rosto com suas garras, e depois no peito e ombros. Então ele atacou o grupo de jovens Persh que ela estava defendendo. Os machos Persh foram pegos de surpresa, mas então avançaram ferozmente contra os dois gorilas. Com suas pedras afiadas, golpearam os animais com toda a força. Miravam em braços e joelhos e enfiavam os polos em olhos e ouvidos.

Os gorilas não resistiram ao ataque. Uivaram, esfregaram os olhos e cambalearam para longe, desaparecendo ao longe.

Agora, duas fêmeas Persh adultas e alguns jovens machos e fêmeas jaziam feridos no chão.

Os mais jovens choravam: "Yahh… yahh…"

Ahn correu até a adulta mais gravemente ferida. A fêmea havia sido cortada pelas garras do gorila, e o sangue jorrava de vários ferimentos. Ahn pegou dois machos armados pelo braço e correu em direção ao arbusto mais próximo. Ela arrancou um punhado de folhas grandes e voltou para cobrir os ferimentos, estancando o fluxo de sangue. As fêmeas mais velhas viram o que Ahn estava fazendo e correram para coletar folhas para os feridos, assim como Ahn fazia. Quando todos os cortes e feridas foram tratados com folhas, Ahn percebeu que os feridos precisariam ser levados para um lugar seguro. Ela escolheu alguns dos machos mais fortes para carregá-los. Depois que os feridos foram içados nas costas e os mais jovens acomodados nos braços, eles reorganizaram as linhas da coluna da melhor maneira possível.

Alguns machos ficaram prontos com suas armas, caso os gorilas retomassem o ataque. Quando parecia que os gorilas não retornariam, Ahn deu o comando para continuar a marcha. O grupo partiu para escapar dos gorilas e encontrar um refúgio seguro.

A coluna progrediu até o sol se pôr. Ahn decidiu verificar a segurança da selva próxima. Ela levou Croh e mais dois machos para fazer o reconhecimento. Sem sinais de gorilas ou outros perigos, o grupo adentrou a selva e subiu nas árvores. Os feridos foram carregados ou ajudados a escalar. Ahn liderou os machos na construção de ninhos de folhas para os feridos, que precisavam de descanso para curar e se recuperar. Ela queria que os feridos se acomodassem antes que escurecesse completamente. Antes do anoitecer total, cada Persh tinha um lugar para dormir. Ahn levou quatro jovens machos, um por um, a um poleiro, garantindo um vigia em cada um dos quatro cantos. Ela se asseguraria de que os feridos não fossem perturbados.

36

O PRIMOGÊNITO

As copas das árvores onde escolheram para repousar os feridos mantiveram-se a salvo dos gorilas e outros perigos. Os feridos poderiam descansar e recuperar-se aos poucos. Enquanto Ahn cuidava deles, ela percebeu que o inchaço em seu ventre era um filhote. Ela sabia que estava prestes a dar à luz.

Quando se acasalou pela primeira vez a Croh, um grupo de fêmeas Persh observava atentamente o casal. Ahn as nomeou Itsi, Bitsi e Citsi. Estas três agora pressentiam que era o momento de preparar o ninho de Ahn. Colheram folhas frescas e algumas amoras excepcionalmente suculentas para que ela pudesse petiscar. O parto de Ahn foi tranquilo e rápido, e quando Itsi cortou o cordão umbilical do filhote, elas entregaram o pequenino aos braços de sua mãe.

Itsi, Bitsi e Citsi cercavam-nas, emitindo sons de contentamento, acolhendo o novo membro: "Gruu... gruu..." e "Graw... graw...".

Ahn começou a amamentar o recém-nascido em seu peito peludo. O bebê era do sexo feminino e tinha a mesma cor de cabelo de sua mãe, o primeiro Novo Ser. Ahn a batizou de Ahah. Ahah era a primeira filha da união entre Ahn, a fêmea Novo Ser de Cabelos Escuros, e Croh, o macho puro Cee Persh.

A Voz Melodiosa ecoou dentro dela: "... Parabéns, meu pequeno. Como é maravilhosa a queridinha... tão parecido com sua mãe..."

Ahn encantou-se com seu primeiro bebe; amamentar a recém-nascida passou a ocupar sua vida por um tempo, trazendo-lhe grande alegria.

Certo dia, pouco após o nascimento, as três fêmeas Persh brincavam com Ahah. Justo quando Bitsi devolvia a criança aos braços da mãe, um pássaro pequeno voou próximo ao rosto de Bitsi. Bitsi assustou-se, e a criança escapou de seu alcance. Ahn estendeu a mão para a filha e percebeu o ocorrido. Desceu apressadamente pelo tronco da árvore mais próxima.

Ahn estava em choque ao ver que Ahah caíra sobre uma rocha e sangue manava de um corte na cabeça da pequena. Ela ergueu a filha e a acomodou suavemente sobre um leito de musgo. A dor de Ahn invadia todo o seu ser. Ela desabou no chão da selva ao lado da filha, chorando desconsoladamente. Itsi, Bitsi e Citsi sentaram-se por perto, observando.

A selva prosseguiu indiferente. Os insetos continuavam a zumbir, e os pássaros voavam em volta, emitindo seus cantos. Mais uma vida lentamente se esvaía na selva. À medida que a luz se esvaía, um nevoeiro começou a se formar nas árvores acima de Ahn.

Essa névoa tornou-se mais espessa até formar uma nuvem branca ao redor do diminuto corpo de Ahah. Itsi, Bitsi e Citsi permaneciam ali, observando a mãe e o bebe. Agora, olhavam intrigadas para a nuvem. Seus olhares a acompanharam enquanto ela subia e flutuava entre os troncos das árvores.

"Eeek, eeek...", ecoou o choro de um infante.

Os bracinhos e perninhas de Ahah balançavam-se para frente e para trás.

Ahn ergueu-se de onde jazia, exclamando: "Ahah, minha pequenina. Você está viva."

Ela acolheu o infante com delicadeza em seus braços, sentando-se ao segurar o frágil corpo, rindo para si mesma.

Enquanto retornava ao seu ninho, entoou uma canção suave: "Pequenina, pequenina, bem-vinda de volta a mim..."

Mãe e filha estavam reunidas novamente.

O ar noturno começou a esfriar, e uma chuva fina banhou a selva. No alvorecer, desabou um aguaceiro. A estação das chuvas iniciara-se com intensidade. A água pingava do dossel de folhas acima. Ahn mudou os feridos para locais mais protegidos, embora a sensação da água gotejando fosse provavelmente reconfortante nos membros que cicatrizavam. Chuvas torrenciais intercalavam-se sobre o dossel da selva, saturando o ar de umidade. O banda de Persh abrigava-se da melhor forma possível. Elos pelos em seus corpos faziam com que a água escorresse, sem molhar a pele. Ainda assim, preferiam lugares onde as gotas não caíssem. Se um adulto se encharcasse, sacudiria a água do corpo, e as gotas espalhavam-se por todos os lados. Um Persh mirim poderia achar isso divertido, mas para os adultos era apenas uma parte da vida na estação chuvosa. Durante essa estação, os Persh evitavam sair de sua área na selva, exceto para procurar novas árvores com suas folhas, amoras ou nozes prediletas. De resto, contentavam-se em comer o que estava ao alcance, cuidar uns dos outros ou dormir.

Num dia de chuva intensa, enquanto Ahn amamentava Ahah, foi interrompida pela Voz Melodiosa: "... É hora de acasalar com Croh... Esse momento chegou..."

Quando Ahn estava pronto, ela confiou seu pequeno cabelo escuro aos cuidados das três fêmeas Persh e guiou Croh até o ninho. Após o acasalamento, repousaram juntos sob as folhas gotejantes. Ahn fitou os fiapos de céu cinzento visíveis através das folhas no alto e pensou: 'Como reagirá o Rosto Branco ao ver meu pequeno filhote Cabelo Escuro? Certamente ficará feliz.'

37

JORNADA INTERROMPIDA

A ESTAÇÃO das chuvas terminara e os feridos já estavam curados há tempos. Ahn sentiu que era o momento de retomar a jornada até o ninho do Rosto Branco. Ao alvorecer, ela despertou com a primeira luz do dia e soube que aquele era o momento. 'Preciso garantir que estamos totalmente preparados', pensou. Erguendo-se e agarrando um galho, ela acomodou Ahah sob seu braço e balançou-se até uma clareira entre as árvores.

Ela chamou em alto e bom som para que todo o banda de Cee Persh se reunisse a ela: "Graak...graak... Graak... graak..."

Todos se juntaram a ela na clareira. Um grupo de fêmeas recolheu nozes e frutas em bandejas de casca para garantir alimento suficiente para a viagem. Os machos adultos seguravam seus polos de defesa e pedras afiadas.

Estava tudo pronto. Eles se dirigiram para a savana e se organizaram na formação de colunas em três linhas.

Quando a coluna partiu, Aaha ficou sobre os cuidados de Itsi, Bitsi e Citsi. Ahn e Croh caminhavam perto da frente.

A coluna movia-se próximo à selva quando Itsi, Bitsi e Citsi se aproximaram de Ahn. Elas percebiam o que se passava dentro de sua líder de Cabelo Escuro. Ahn percebeu que estava prestes a dar à luz. Ela não esperava que fosse parir ao ar livre, na savana, sem abrigo algum. Conforme avançavam, ela buscava à frente algum sinal de clareira na densa vegetação. Talvez as árvores não estivessem tão próximas e houvesse um espaço aberto mais adiante.

Ao ver uma abertura, ela gritou: "Grek...grek... parem."

Seguiu com Croh e um macho mais velho armado, adentrando a vegetação até um claro além. Encontraram uma clareira entre uma massa de raízes e galhos e retornaram à coluna.

Ahn sinalizou para um grupo de machos; apontou para as árvores e chamou: "Grraa...grraa", indicando perigo.

Acenou para o grupo seguir pela vegetação adentro. Então, quando ela soube que eles estavam bem dentro da selva, ela gritou:

"Grek... grek", para eles pararem.

Na savana, Ahn posicionou outros machos em um semicírculo, protegendo as fêmeas. Somente Bitsi e Citsi a acompanharam de volta pela vegetação. Os machos armados já aguardavam como sentinelas. As duas fêmeas juntaram folhas e junco para fazer um leito.

Quando tudo estava preparado, Ahn deitou-se e deu à luz um macho de Cabelo Escuro e Novo Ser, que nomearia

Clint. Após descansar um pouco, ela se levantou, amamentando Clint, e se reuniu a Croh na savana. Quando a coluna se reagrupou, seguiram adiante, ainda sob a luz do sol, em busca do ninho do Rosto Branco.

38

UM NOVO SOM

Após o nascimento de Clint, enquanto a coluna avançava, começaram a ouvir um som estrondoso. O estrondo intensificou-se quando contornaram uma curva na beira da selva. Ahn percebeu que se aproximavam de uma imensa rocha. À medida que se aproximavam, ela viu uma cachoeira despencando do topo. Pensou: 'O estrondo vem daquela cachoeira.' Ela observou nuvens ondulantes de névoa branca pairando no ar.

A coluna reduziu a marcha à medida que se aproximava da rocha e Ahn comandou a parada. 'Não temos como prosseguir', refletiu. 'Nos refugiaremos aqui. '

Depois de se certificar de que a selva estava segura, Ahn ordenou: "Graw... graw... abrigue-se."

A coluna moveu-se unida, adentrando a vegetação rasteira até o interior sombrio.

Mais tarde, Ahn emergiu com Croh e um grupo de jovens machos. Ao saírem para além das árvores, Ahn examinou a planície gramada e observou a rocha. Ficou impressionada com sua altura. "...Não é maravilhoso?" A Voz Melodiosa ecoou em Ahn.

Ela hesitou por um instante, mas então declarou em voz alta: "Realmente é algo incomum, oh Voz."

Em seguida, pensou: 'A Voz Melodiosa entende meus sentimentos. Ela consegue ver em minha mente.'

Falou alto: "Oh Voz, você realmente entende meus sentimentos. Estou tão feliz em tê-la como amiga, mas o que está acontecendo?"

A Voz ressoou: "...É porque você é muito especial para mim. Você enfrentará problemas, mas os superará e um dia eu o conhecerei completamente..."

Ahn refletiu: 'Será que A Voz sabe dos obstáculos que enfrento? A cachoeira reluzente e a névoa ondulante são belas, mas precisamos contornar a rocha. Quando alcançarei o ninho do Rosto Branco?'

Com tais questões em mente, ela guiou os jovens machos pela planície para reconhecimento de perigos.

A área toda ecoava com o estrondo da cachoeira. À medida que se aproximavam, o solo sob seus pés umedecia. Ahn observou que, com a água se chocando contra as rochas, jatos de água se erguiam no ar. Gotículas frias formaram-se sobre seus corpos peludos. Era uma sensação nova e inusitada. Próximos à cachoeira, Ahn percorreu com o olhar a face da rocha. Percebeu que ela se estendia até onde sua visão alcançava.

Ela pronunciou a palavra "penhasco" e notou que havia uma trilha larga entre o penhasco e a selva.

Pensou: 'Será que os grandes animais usam essa trilha ao passar ao lado da selva?' Ahn não avistou animais grandes, mas inspecionou a cena, ponderando se haveria uma passagem pelo penhasco mais adiante. Entretanto, não vislumbrou nenhuma abertura.

Ahn então liderou o grupo até as margens do rio que emanava da base da cachoeira. Ela observava os peixes sob as ondas e, no céu acima, bandos de pássaros.

Nesse instante, um jovem macho grunhiu: "Grraa... grraa..."

Isso indicava perigo, e Ahn se virou rapidamente. Trotando pelo caminho entre a selva e o penhasco, havia um grupo de animais quadrúpedes com chifres. Eles se dirigiam diretamente para o grupo.

"Graak, graak", gritou Ahn e liderou o grupo na corrida de volta à selva.

Ahn balançou-se para as copas das árvores e encontrou um local de onde podia observar o rio. Eles haviam fugido de um rebanho de gazelas que vieram beber no rio. Ahn sentiu alívio ao saber que aqueles animais não representavam perigo. Já haviam sido construídos ninhos e um deque. Ahn garantiu que houvesse vigias posicionados antes de se juntar a Itsi, Bitsi e Citsi. Elas cuidavam de Ahah e Clint. O coração de Ahn pesou ao avistar o imponente penhasco. Mas agora ela refletia: 'Estarei cuidando de Clint e me unindo a Croh. É um bom momento para pararmos e descansarmos. Quando encontrarmos um caminho para além do penhasco, continuaremos nossa jornada.' Antes que a luz do dia desaparecesse completamente, o Cee Persh e os três Novos Seres de Cabelos Escuros estavam seguros nas copas das árvores.

39

PRIMEIRA BUSCA POR UMA SAÍDA

Na cachoeira, Ahn se resignou ao fato de que o grupo estava preso. Mais tarde, eles encontrariam uma maneira de superar o penhasco. Por enquanto, eles podiam descansar. O penhasco serviria como proteção para seu refúgio na selva dos ventos quentes da estação seca.

Então, depois de muito tempo e uma manhã cedo, Ahn notou nuvens escuras se acumulando sobre a cachoeira. Ela sentiu que as chuvas viriam em breve. Pensou que teria tempo suficiente para buscar um caminho sobre o penhasco. Convocando todos os machos Cee Persh, exceto os envolvidos como vigias, ela os chamou para a planície gramada e selecionou um grupo dos mais fortes e preparados. Solicitou que trouxessem seus polos de defesa e pedras afiadas, formando duas linhas. Posicionou-se no centro com Croh ao seu lado. Ahn já tinha preparado uma cesta de casca com amoras e nozes para emergências. O grupo partiu ao amanhecer e, ao chegar à cachoeira, seguiu ao longo da face do penhasco. Caminharam paralelos à densa vegetação rasteira na base deste. A vegetação ofereceria refúgio em caso de perigo.

Caminhando uma certa distância, Ahn avistou um desfiladeiro à frente. Este cortava a face do penhasco. Quando ela o alcançou, percebeu que começava na base do penhasco e subia em direção ao horizonte. Ahn sinalizou para dois dos machos mais ágeis escalarem o desfiladeiro. Após passarem pela vegetação, emergiram e começaram a escalar a encosta rochosa. Ahn observou que eles lidavam com pedras que se desfaziam sob seus pés. O desfiladeiro parecia instável, mas os Persh prosseguiram na escalada.

Ahn enviou mais dois para se juntar ao primeiro. Agora quatro continuaram a escalada Ocasionalmente, pedras se soltavam e rolavam para a vegetação abaixo. Apesar disso, eles não desistiram. Subitamente, um enorme rochedo começou a se mover acima deles. O rochedo rolou penhasco abaixo em direção aos escaladores. Ele errou três acima, mas acertou o outro bem no rosto.

Ele caiu para trás, imóvel. Os outros escaladores, chocados, pararam. Ouviu-se ao longe os gritos abafados de Ahn. Ela havia alertado, mas foi em vão. Os três recuaram pelo desfiladeiro até encontrarem o companheiro caído completamente imóvel. Eles o carregaram até a base. Quando eles emergiram da vegetação, eles colocaram o Persh ferido aos pés de Ahn. Ela ajoelhou-se ao lado do corpo, buscando sinais de vida. Parte do crânio estava esmagada. Não havia sinais vitais. O escalador estava morto.

Ahn sabia que os machos abandonariam o corpo exatamente onde estava. No entanto, ela sentia respeito por um membro da família de seus ancestrais. Ela instruiu os jovens machos a erguerem o corpo e carregá-lo consigo. Quatro deles entregaram seus polos e pedras aos outros e levaram o corpo de volta para a planície gramada perto da cachoeira, onde o colocaram no chão.

Depois de um longo silêncio, Ahn decidiu que o lugar mais apropriado para o corpo era o rio. O corpo foi levantado e carregado para uma faixa de areia no rio e colocado na superfície da água. A correnteza rápida arrastou o corpo. O grupo então retornou à selva.

A experiência da morte do jovem Persh abalou Ahn. Ele era um membro da família de seus ancestrais. Ela pensou tristemente: 'Desta vez, não conseguimos encontrar um caminho para o ninho do Rosto Branco. Mas tentaremos novamente.' Passou muito tempo antes que Ahn tentasse outra busca por um caminho sobre o penhasco.

Já se aproximava o final da estação chuvosa quando Itsi, Bitsi e Citsi auxiliaram Ahn com sua segunda filha. Havia dores leves no trabalho de parto, mas o nascimento ocorreu tranquilamente. Ahn nomeou sua pequena de Alina. Alina era um Novo Ser de Cabelo Escuro, como sua mãe.

A Voz Melodiosa falou dentro dela: "... Parabéns pela chegada da pequenina. O pequeno Novo Ser de Cabelo Escuro é muito parecido com a mãe...!"

Enquanto amamentava Alina, ela respondeu: "Oh, obrigada, oh Voz, espero que ela te faça feliz."

A Voz Melodiosa prosseguiu: "... Vou esperar por você, não importa quanto tempo demore..."

Ahn então pensou: 'Espero que o Rosto Branco também fique feliz ao ver Alina.' Conforme se habituava a amamentar o recém-nascido, Ahn sonhava com o dia em que deixariam o penhasco e a cachoeira para trás.

EXPLORANDO O RIO

AHN HAVIA NOTADO que alguns dos jovens machos Cee Persh olhavam para o rio com desejo de explorá-lo. Numa manhã cedo, ela alimentou os pequenos e garantiu que Alina estivesse segura sob os cuidados de Itsi, Bitsi e Citsi. Em seguida, reuniu os jovens machos mais inquietos e orientou-os a pegarem seus polos de defesa e pedras afiadas. Juntos, partiram para o rio, acompanhados por Croh. Chegaram às margens do rio, distantes da cachoeira. Ahn sabia que as águas eram rápidas, mas havia uma faixa de areia segura para descer e caminhar ao lado da corrente.

Ao chegarem na faixa de areia, Ahn designou dois machos para vigiarem. O restante do grupo prosseguiu. Alguns dos machos mergulharam as mãos na água e a acharam refrescante.

Um som de aprovação Persh ecoou: "Shaaa...!"

O grupo avançou para uma piscina longe do riacho principal, com a água fluindo mais lentamente. Ao se apro-

ximarem da piscina, ouviram um som de gemidos e chora-
mingos à frente.Encontraram um animal de quatro patas
deitado de lado, sangrando na areia. Moscas circundavam a
ferida e os olhos do animal. Parecia que ele tentara chegar à
beira do rio, mas colapsara antes de alcançar a água. Com a
língua pendurada, jazia ali, ofegando dificuldade. Ahn viu
um olhar suplicante em um dos olhos do animal. Ela desco-
nhecia que era um lobo vermelho macho, que seria perigoso se pudesse se mover. Ahn, a confiante fêmea de
Cabelo Escuro, não percebia o perigo. Ela se ajoelhou na
beira da água, recolhendo água com a mão em concha.
Inclinou-se e borrifou água na língua do animal. Após fazer
isso algumas vezes, Depois de fazer isso algumas vezes,
Ahn se lembrou de que a cabaça oca em sua ninho ela seria
útil.

"Vamos voltar ao refúgio buscar minha cabaça", disse
em voz alta e então, "Graak...graak.", indicando "venham"
em Persh.

O grupo a seguiu de volta ao ninho de ela, alto nas
árvores. Com a cabaça, retornaram ao rio. Ahn conseguiu
despejar bastante água na boca do animal, sobre a ferida e
em seu corpo. Após isso, o grupo partiu, deixando para trás
o animal encharcado. Retornaram à selva para se alimentar
de folhas, amoras, nozes e se limparem mutuamente.

Na manhã seguinte, Ahn quis verificar se o animal
ferido precisava de mais água. Acompanhada por Croh e
um grupo de machos armados, dirigiu-se à margem do rio.
Levou consigo a cabaça. Ao chegarem ao local, encontraram apenas uma mancha de sangue seco na areia; o
animal havia sumido. Ahn pensou: 'Ele deve ter se recupe-

rado e voltado para o seu ninho. Fico imaginando o que o teria ferido. Espero que nunca nos deparemos com esse monstro.' Enquanto o sol subia, voltaram à selva.

UM ENCONTRO PRÓXIMO

Num outro dia, Ahn estava sentada na planície de grama, brincando com Alina. Ela foi acompanhada pelas mães Persh e seus joven. O sol iluminava diretamente a parte superior da grande cachoeira. Cores dançantes cintilavam na água que descia. Ahn se maravilhava com a visão. Ninguém percebeu quando uma intimidadora matilha de Lobos Vermelhos contornou a beira da selva e se dirigiu à área gramada diante do grupo.

Os lobos pararam e se deitaram na grama. Os dois maiores se deitaram primeiro, seguidos por outros lobos atrás deles. Ahn e as mães Persh, aterrorizadas, congelaram. Todas abraçaram firmemente seus filhotes para protegê-los. Ficaram muito quietas, aguardando um ataque. O silêncio era sepulcral enquanto o lobo maior se aproximava de Ahn e Alina. O lobo deitou-se diante de Ahn e baixou a cabeça ao chão. Ahn reconheceu que era o animal que haviam ajudado no rio.

Para acalmar o animal e a si mesma, ela sussurrou: "Grihh... grihh... grihh..."

O lobo piscou e então se ergueu sobre as patas. Aproximou-se lentamente e roçou o focinho na perna de Ahn. Ela se retraía novamente, apertando Alina contra si. Após roçar o focinho em Ahn, o lobo levantou-se e virou-se. Lentamente, retornou à matilha. Ao alcançar a matilha, deitou-se em sua posição anterior, com a cabeça voltada para Ahn. Por fim, todos os lobos se levantaram juntos e retornaram pelo caminho por onde vieram.

Enquanto Ahn e as mães Persh observavam, os lobos trotaram para longe e desapareceram na curva da selva. As mães imediatamente pegaram seus joven e fugiram para a vegetação da selva.

Estavam apavoradas. Ahn ficou perplexa. Ela não entendia por que os animais se comportaram de forma tão assustadora. Pensou: "O que esses animais estavam fazendo? Eles não nos veem mais como comida?"

Durante o restante da estação seca e nas estações chuvosas e secas seguintes, Ahn começou a compreender o que havia mudado.

Sempre que um animal grande, como uma leoa, se aproximava dela, de sua prole de Cabelo Escuro ou dos Persh, os lobos surgiam. Eles se posicionavam prontos diante da ameaça, encarando-a. Se o animal ameaçador não recuasse, a matilha de lobos rosnava e latia ameaçadoramente. O animal ameaçador então se afastava em direção ao seu abrigo.

42

SALVOS POR LOBOS VERMELHOS

Aɴн ᴘᴇʀᴄᴇʙᴇᴜ que cada vez menos água caía sobre o penhasco na cachoeira. Finalmente, no fim de uma estação seca, a cachoeira reduziu-se a um filete de água. Ela viu que agora era possível atravessar o rio. Ilhas de areia baixas se estendiam de uma margem à outra. Era hora de procurar uma nova direção para encontrar um caminho sobre o penhasco. Na primeira luz do dia seguinte, ela convocou o bando Cee Persh para a planície de grama, preparando-se para uma expedição.

"Graak… graak… graak", ela chamou.

Os machos, e algumas fêmeas, desceram das copas das árvores. Quando o grupo se reuniu, Ahn organizou uma expedição na formação de coluna antiga. Machos armados alinharam-se em duas filas; as fêmeas moviam-se entre as linhas para proteção.

"Ahah e Clint, vocês virão comigo. Certifiquem-se de não perder suas saias de grama durante a marcha."

Desde jovens, Ahah e Clint sempre usaram uma saia de

grama, por insistência de Ahn, que nunca esqueceu o comando da Voz Melodiosa.

A Voz disse: "... Os Novos Seres de Cabelo Escuro nunca devem se acasalar com seres de Cabelo Claro. Eles devem se acasalar apenas com outros Novos Seres. Deve sempre haver essa separação..."

Ahn inventou a saia de grama como um sinal de que o comando da Voz Melodiosa seria sempre obedecido. À medida que cresciam, Ahah e Clint aprenderam a nunca estar sem a saia de grama, símbolo dessa separação.

Quando Ahn viu que a formação de coluna antiga havia sido lembrada e que os Persh estavam se alinhando, ela explicou aos filhos o que estava prestes a acontecer: "Ahah, Clint, esperamos encontrar um caminho sobre o penhasco desta vez. Quero que vocês dois fiquem próximos um do outro e perto de mim. Croh estará conosco. Clint, você carregará um polo de defesa e uma pedra afiada. Você deve estar armado para a busca, como qualquer Cabelo Claro."

"Por que precisamos encontrar um caminho sobre o penhasco? O que há de errado em ficar aqui?", perguntou Ahah.

"Minha querida, precisamos encontrar uma maneira de superar o penhasco. Eu preciso encontrar o ninho do White Face", continuou Ahn, "Dói-me que minha jornada tenha sido interrompida por todas essas barreiras. Isso responde à sua pergunta?"

"Sim, mamãe querida."

"Está bem então. Vamos seguir nosso caminho."

Eles partiram para atravessar o rio na formação de linha tripla. A água era rasa e fácil de atravessar. Em seguida, andando pela grama alta, passaram ao lado do arbusto denso que crescia na base do penhasco. O penhasco se estendia à distância. O Sol ainda ascendia ao seu zênite quando, subitamente, um bando de javalis-gnus emergiu do arbusto denso nas proximidades. Presas reluzentes brilharam em direção à linha de frente dos Persh. Os machos tentavam posicionar seus bastões defensivos. Os javalis-gnus quase os alcançaram quando, inesperadamente, Lobos Vermelhos surgiram uivando e rosnando. Saltaram sobre as costas dos líderes javalis. Gritos horríveis e grunhidos ressoaram enquanto os caninos penetravam na carne. O guinchar e o roncar continuaram até que os javalis bateram em retirada, correndo de volta para o arbusto.

Ahn sentiu-se profundamente grato pelos lobos. Poderia ter sido um desastre se não chegassem. Talvez eles tenham salvado a vida de ela sua filho e filha. Estavam seguros

43

UMA TERRÍVEL QUEDA DE ROCHA

A COLUNA RETOMOU a marcha e prosseguiu na jornada. Ahn observava atentamente o penhasco à frente. Ela esperava encontrar um caminho antes que o sol atingisse seu zênite. Então, mais adiante, ela viu um abismo cortando a face da rocha.

Ahn gritou em Persh, "Grek... grek... parem."

O grupo parou, virou-se e penetrou no mato espesso.

Lutando para passar, emergiram ao pé de uma abertura na face do penhasco. O chão do abismo se ergueu em uma encosta longa e suave até que, ao longe, Ahn podia ver o topo. O grupo começou a subir a encosta, ladeados por penhascos imponentes de ambos os lados. Os únicos sons eram os ecos dos chamados dos pássaros e o zumbido dos insetos no ar seco. Subitamente, um alto estalido ecoou lá em cima.

Num instante, lajes da face do penhasco se desprenderam e despencaram em direção ao grupo. Rocha após rocha rolou abaixo, envoltas em nuvens de poeira. Os machos no lado da queda de rochas não perceberam o perigo.

Não houve tempo de fuga. Foram soterrados sob a pilha de pedras.

Os Persh restantes gritaram aterrorizados: "Grraa... grraa..."

Dispersaram-se, fugindo por entre a poeira. Ahn e sua ela dois jovens Cabelos Escuros tossiam, engasgavam e cambaleavam até onde os sobreviventes estavam amontoados.

Ouviu-se gritos de "Greeeh... greeeh..." e gemidos do fundo do monte de pedras.

Quando a poeira se dissipou um pouco, Ahn avistou um corpo estendido no chão, como se estivesse preso. 'Seria Croh?'

Ela se virou para sua prole: "Espere aqui enquanto eu verifico o que aconteceu."

Caminhando de volta pela poeira, Ahn encontrou um macho deitado de lado, suas pernas presas sob os escombros. Mas não era Croh. Onde estaria Croh? O coração de Ahn apertou-se.

"Onde está meu Croh? Onde está o pai de meus filhos?", gritou ela, enquanto lágrimas inundavam seus olhos.

Devastada, seus instintos maternos prevaleceram. Entre lágrimas, observou o Persh encurralado.

Chamou Clint e os outros machos: "Graak, graak... rápido, rápido, ajudem-me a remover as pedras de suas pernas".

Juntos, eles conseguiram mover as pedras, mas as pernas do ferido Persh foram horrivelmente esmagadas. Era preciso carregá-lo. Não havia vestígios do amado Croh de Ahn. Onde ele deveria estar, só havia montes de grandes rochas cinzentas.

Uma sensação avassaladora de perda invadiu a mãe de Cabelos Escuros. Ela rompeu em soluços e alcançou Clint. Ahn abraçou ela sua filho e enterrou seu rosto em seu ombro. Aaha se aproximou, envolvendo sua mãe e irmão com os braços, unindo-se ao pranto deles. Os Persh sobreviventes, empoeirados, observavam as rochas caídas, sem compreender. Sabiam que algo terrível acontecera, mas jamais entenderiam que seus irmãos e primos se foram para sempre.

Eles choramingavam em solidariedade aos gemidos dos Cabelos Escuros: "Greeeh... greeeh...".

Assim permaneceram por algum tempo. Então, quando Ahn se acalmou, ela conseguiu que quatro machos Persh carregassem o macho pelos braços e pernas.

O grupo entristecido deixou o abismo, abrindo caminho pelo mato até a planície gramada adiante. Lobos Vermelhos ainda rondavam por perto. A coluna seria protegida dos javalis-gnus. Os Persh formaram suas fileiras o melhor que puderam, e o grupo regressou ao seu lar na selva. O sobrevivente ferido seria acomodado em um deque coberto de folhas para recuperar-se dos ferimentos.

UMA DOR E UMA ALEGRIA

EM FILEIRAS DESORDENADAS, Ahn, Ahah, Clint e os Cee Persh sobreviventes regressaram ao rio. Caminharam pela água rasa próxima à cachoeira, verificando se a planície gramada estava segura. Retornaram ao refúgio na selva sem Croh ou os demais machos desaparecidos.

Algumas fêmeas adultas foram ao encontro dos recém-chegados. Ficaram perplexas por não verem todos os machos. Jamais compreenderiam a tragédia ocorrida. Ao chegar ela em sua casa nas árvores, Ahn se jogou em sua cama de folhas. Lamentou por Croh, o pai de seus filhos, e sentiu a dor do vínculo agora rompido. Uma sensação de perda que perduraria por muito tempo.

Mais tarde, Ahn reuniu Clint, Aaha, Alina e Craat, seu segundo filho, e contou aos mais jovens: "Vosso pai faleceu. Uma avalanche de pedras imensas caiu sobre ele e alguns de seus irmãos. Ele foi totalmente soterrado. Não houve como encontrá-lo".

Ahah e Alina lançaram-se ao pescoço de sua mãe.

"Oh, mamãe", lamentou Alina, "estamos tão tristes por você".

Ahn dividiu suas ela lágrimas com os pequenos até recobrar a calma.

Ela declarou: "Prosseguiremos nossa vida aqui, conscientes de que não estaremos tão seguros. Existem menos polos defensivos dos Cabelos Claros para nossa proteção. Vocês dois, jovens de Cabelo Escuro, agora devem portar polos".

"Podemos visitar o local onde nosso pai foi sepultado?", indagou Alina, "Eu realmente gostaria de ver o lugar".

"É demasiado arriscado", respondeu Ahn, "Se não fosse pelos lobos que nos protegeram, teríamos sido atacados pelos javalis".

No momento em que terminou de falar ela, a Voz Melodiosa ecoou em sua interior, "...os jovens Novos Seres, macho e fêmea, devem acasalar. É chegado o momento..."

"Isso é incrível", Ahn refletiu, "acabei de perder Croh, e agora isso..." A Voz Melodiosa soou novamente: "... Isso deve acontecer agora..." Ahn sentiu a urgência da Voz Melodiosa, então ela disse: "Alina e Craat, por favor, vão para seus ninhos. Preciso falar com Ahah e Clint a sós."

Quando os dois se retiraram, Ahn iniciou: "Ahah e Clint, sabem que nunca deve haver união entre os de Cabelos Escuros e Cabelos Claros. Sabem que nunca lhes foi permitido unir-se até que eu o ordenasse. Esse tempo chegou, e Cabelo Escuro deve unir-se com Cabelo Escuro. Eu agora ordeno que vocês, Ahah e Clint, unam-se. Isso deve acontecer o quanto antes. Devem juntar-se em um ninho próximo aos refúgios das fêmeas. Ao deitarem-se juntos, deve ser como se estivessem a cuidar um do outro, o corpo de Clint responderá ao seu, Ahah, e devem prosseguir até que a união esteja completa. Após, continuarão a usar suas saias de grama".

"Sim, mãe", concordou Ahah.

Ambos se dirigiram ao ninho conforme as instruções de Ahn. Ahah e Clint já possuíam uma forte amizade, pois nasceram com apenas uma estação de diferença. Ambos eram distintos por seus cabelos escuros, compartilhando uma identidade única. Antes do amanhecer seguinte, sua união foi consumada.

Ahn e sua progênie de Cabelo Escuro ela, junto a muitos Persh, tinham um ritual matinal há tempos. Partiam para a selva em busca de café da manhã e colhiam alimentos para o dia. Contavam com a proteção de numerosos Persh machos armados com polos defensivos e pedras afiadas. Agora, os Persh armados eram menos. Clint e Craat passaram a carregar polos defensivos e pedras afiadas. Ahn ensinou-lhes como usá-los para defesa, assim como ela havia feito para o Persh masculino em tantas temporadas anteriores.

UMA LIÇÃO INTERROMPIDA

As ESTAÇÕES quentes e secas sucediam as chuvosas em um ritmo lento. Poderia-se pensar que a vida de Ahn fosse monótona e solitária, porém tudo ainda lhe parecia tão novo que vivia em constante maravilhamento. Ela amava o Cee Persh, os descendentes de seus ancestrais e, claro, suas queridos eles cabelos escuros. Ela costumava se surpreender com alegrias inesperadas em sua vida e adorava os momentos em que podia conversar com seu amigo, o Rosto Branco.

Quando a terceira neta de Ahn, Ahee, começou a falar e seu terceiro neto, Ceel, começou a andar, esses dois foram adicionados aos tempos de ensino de Ahn. Sempre havia ensino a ser feito. Ela descia de seu convés coberto de folhas para onde Ahee e Ceel estavam sendo cuidados por suas mães, Alina e Ansoa. Bitsi e Citsi também estavam lá. Itsi já havia falecido. "Bom, feliz amanhecer a todos! Como estamos?" Ahn pegou Ahee nos braços e a embalou.

"Nanaa...nanaa", a pequena já começava a falar a língua de Ahn.

Eles se sentaram na grama e logo se juntaram a Aloa, a primeira neta de Ahn.

Ahn perguntou: "Como dormiu, Aloa?"

"Eu estava um pouco inquieta. Creio que o pequenino chegará em breve. Sinto muita movimentação e percebo que Bitsi e Citsi estão alertas e irão ajudar", respondeu Aloa.

"Vamos aguardar e ver", falou Ahn. "Vá para seu ninho e descanse o quanto puder. Seu filhote será meu primeiro bisneto e estou tão entusiasmada! Vou garantir que Clint lhe traga mais comida."

Ahn amava suas netos, mas com um bisneto, sua amor seria ainda mais especial. ela desembrulhou os braços de Ahee em volta do pescoço e sentou o pequeno ao lado dela na grama.

"Chegou a hora de uma lição na minha língua. Vamos começar..."

Assim se iniciou aquele dia, que seria o primeiro de muitos nos quais Ahn ensinaria Ahee e o pequeno Ceel sua própria língua.

De repente, o solo em que estavam sentados começou a tremer e a se mover para cima e para baixo. Era como se a terra tentasse arremessá-los ao ar. Um estrondo tremendo abafou completamente o som da cachoeira. Os saltos continuaram por um longo tempo, até que todo o grupo se deitou com medo, e Ahee e Ceel choravam. O estrondo intensificou-se no início, depois foi desvanecendo. A selva mergulhou no silêncio, restando apenas o estrondo da cachoeira.

"O que aconteceu, mamãe?" Aloa foi a primeira a falar.
"Não sei; é realmente assustador." respondeu Ahn.

132

46

ENCONTRANDO O CAMINHO

Quando a terra parou de se mover e o terrível estrondo cessou, puderam ouvir a cachoeira novamente. Todos os moradores daquele refúgio na selva ficaram atônitos. Quer estivessem pendurados em um galho ou esparramados no solo, cada um aguardava o próximo tremor.

Quando nada mais ocorreu, Clint e Craat desceram de seus poleiros e olharam para a planície gramada. Um grupo de Persh machos com seus polos de defesa se juntou a eles.

Olhando para a cachoeira, sentiram que algo havia mudado, mas não sabiam o que era. Reunindo coragem, dirigiram-se à cachoeira e à base do penhasco. Observaram ao redor à procura de um rebanho de animais gigantes ou algum monstro que pudesse ter causado o tremor. O que teria provocado o estrondo que abafou o barulho da cachoeira? Os olhos de Clint voltaram-se para a água em cascata. O que ele viu o deixou surpreso; Foi incrível.

Ele exclamou: "Olha, a cachoeira agora são duas cachoeiras!" Apontou e virou-se para Craat. "Você está vendo o que eu estou vendo? A cascata se dividiu em duas."

"Sim, você está certo. Nossa, o que terá acontecido?" respondeu Craat.

Enquanto observavam as cachoeiras gêmeas, Ahn juntou-se a eles e perguntou: "O que está acontecendo? Por que estão gritando?"

"Mãe, olhe, agora há duas cachoeiras... não mais uma. Algo muito grande deve ter ocorrido esta manhã," disse Clint.

"Sim, vejo; você está certo. O que terá acontecido?" ela disse.

O grupo ficou contemplando as cachoeiras. Estavam tentando compreender.

Na manhã seguinte, Ahn organizou Clint, Craat, o jovem Creep e alguns machos Persh para uma expedição exploratória às cachoeiras e ao penhasco. Observaram ao redor para assegurar que era seguro.

Empunhando suas armas, eles se dirigiram à base do que agora eram duas cachoeiras.

Ahn disse: "Vamos verificar o penhasco para ver se algo mudou. Talvez a forma tenha se alterado."

O grupo seguiu à esquerda, percorrendo a linha do penhasco, mantendo-se próximo à vegetação rasteira na base. Caminhavam em direção ao local onde o jovem Persh fora morto pela pedra.

Subitamente, Clint exclamou: "Olhem, o penhasco termina ali, bem onde o jovem de Cabelos Claros foi morto."

"Sim, parece que o penhasco além desapareceu",

concordou Ahn, "Continuemos. Vamos descobrir o que aconteceu."

Chegaram ao local da fenda e abriram caminho pela vegetação. Onde antes havia a fenda, agora se estendia uma longa rocha lisa inclinada em direção ao céu. Não havia mais penhasco.

"Vamos subir até o topo para ver onde isso nos leva", propôs Craat.

Ao alcançarem o topo, depararam-se com uma vasta savana que se estendia até uma linha de colinas verdes, seguidas de uma montanha branca ao longe. A face escura de uma selva jazia a um lado.

"É isso!" exclamou Ahn, entusiasmada. "Este é o caminho que precisamos seguir. Encontraremos o ninho do Rosto Branco."

Clint avistou formas escuras de animais desconhecidos à distância, alertando: "Podemos ter que enfrentar novos perigos por lá."

Ahn afirmou: "Vamos voltar para a cachoeira agora. Mas este é o caminho que devemos seguir."

O grupo de exploração deu meia-volta, descendo a rocha inclinada e retornando ao refúgio na selva.

PREPARANDO TUDO

Na manhã seguinte, Ahn ligou para sua família ela e todos os Cee Persh, além dos vigilantes, juntos. Eles se reuniram na planície gramada em frente à primeira linha de árvores. Ahn sentou-se na grama com Clint, Craat, Creep, Ahah, Alina e Ansoa. Todos os seus netos ela estavam lá: Aloa, Crink, Alma, Ceep, Ahee e Ceel, três mulheres e três homens. Aloa e Alma estavam abraçando Alaha e Craam, bisnetos de Ahn.

Os Persh e Cru, único sobrevivente do banda ancestral de Cee Persh de Cabelo Escuro de Ahn, formaram um semicírculo ao redor deles. Dois Lobos Vermelhos chegaram e se sentaram fora do círculo.

Ahn expôs seus planos: "Chegamos a um lugar onde o penhasco não existe mais. Nada nos impede de seguir em nossa jornada para encontrar o ninho do Rosto Branco. Esperaremos até Alaha e Creek crescerem um pouco", continuou ela, "Os machos de Cabelos Claros podem aproveitar o tempo para praticar com seus bastões de defesa e pedras afiadas. Clint, Craat e Creep se unirão a eles para compensar os membros perdidos."

"Precisamos levar algo conosco?" perguntou Aloa, preocupada com seu filho recém-nascido.

"Sim", respondeu Ahn, "devemos reunir folhas, amoras e nozes que possamos precisar caso não encontremos comida. Elas são importantes, especialmente para os pequenos. Alguma outra pergunta?"

"Precisamos continuar a usar nossas saias de grama?" indagou o jovem Crink.

Ele não gostava de usar a mesma vestimenta que suas parentes do sexo feminino.

"O quê? Você está me perguntando se deve continuar usando uma saia de grama?" Ahn respondeu de imediato, "A resposta é a seguinte: insisto que todos os meus descendentes, de todas as gerações, continuem a usar saia de grama até o dia de sua morte. Fui clara? Portanto, a resposta é sim. É melhor que você sempre use sua saia de grama. Se não o fizer, será banido da família e do grupo. Entendeu?"

"Sim, mãe, eu entendi."

"Quando formos embora, quero que vocês duas, Aloa e Alma, mantenham Bitsi e Citsi por perto. Essas adoráveis fêmeas são muito prestativas com os pequenos." Então, ela exclamou: "Gruuu…!" uma palavra feliz dos Persh, e "Graw", que significa "ir". Ahn concluiu: "Obrigada a todos. Podemos voltar ao que estávamos fazendo."

Então, todos se fundiram novamente na penumbra da selva.

RETOMANDO A JORNADA

FORAM MUITAS ESTAÇÕES, entre úmidas e secas, desde que Ahn foi impedida em seu caminho pelo alto penhasco até o evento do terremoto. Agora, com o fim da estação chuvosa, era hora de retomar a jornada para realizar seu sonho.

A jornada começou na frescura da manhã. Suas filhos, Clint, Craat e Creep, e até mesmo o neto Crink ela, foram convocados para ocupar o lugar dos Cee Persh machos ausentes. Quando todo o grupo se reuniu nas linhas de marcha, eles partiram em direção à longa encosta que conduzia ao mundo além do penhasco. A coluna subiu a encosta e alcançou o topo enquanto o Sol ainda ascendia.

Ao chegar à savana, um rebanho de gazelas, assustado, dispersou-se deles. Ao longe, uma linha de colinas cobertas de árvores. A face escura de uma selva jazia a um lado. A coluna aproximou-se da selva ao iniciar sua caminhada, rumo às colinas distantes. Ahn pensava: 'Estou tão feliz agora que deixamos a cachoeira para trás e seguimos meu sonho.'

Enquanto sonhava acordada, olhava para além das cabeças peludas à sua frente. De repente, Ahn sentiu-se profundamente abalada. Era como se uma pedra afiada atravessasse sua mente. À frente, um bando de leões estava entre os arbustos. A visão dos leões a feriu profundamente. Imagens de leoas devastando sua família invadiram sua memória.

Ela sussurrou repetidamente: "Grek... grek... grek... pare", até que a coluna parasse. Em seguida, ordenou: "Grraa... grraa... vá, vá", enquanto se virava apavorada, adentrando a vegetação rasteira e a selva.

A coluna percebeu o perigo e a seguiu. Eles a seguiram novamente enquanto ela subia em uma árvore em pânico. Sentou-se em um galho e pensou: 'O que aconteceu? Perdi o controle. Isso não pode estar acontecendo.' Finalmente, ela chamou: "Graw... graw... sigam-me", e começou a se balançar de galho em galho, de árvore em árvore, para continuar a jornada, mantendo-se nas copas das árvores. Era uma forma lenta de viajar, mas seria segura.

Quando Ahn acreditou que tinham viajado bem além do covil dos leões, ela disse a Clint: "Vamos sair para a luz do sol aqui".

Todo o grupo desceu ao chão. Chegaram, por sorte, a uma clareira repleta de pedras, cercada por altas árvores em três lados. Do outro lado, a paisagem dava lugar a um vale nebuloso.

Os Novos Seres de Cabelo Escuro e os Cee Persh se espalharam ao sol. Clint assegurou que estavam seguros. Vigias foram posicionados ao redor do agrupamento.

O Sol se punha, mas o dia permanecia claro. Ahn ainda estava abalada pela visão dos leões, mas sentou-se em uma rocha alta e contemplou a cena. Ela percebeu que precisava superar a lembrança dolorosa e ser consolada pela visão dos frutos de sua vida à sua frente.

Os filhos, netos e bisnetos de Cabelo Escuro de Ahn banhavam-se na luz do sol. Clint, Craat, Creep e Ahah, Alina e Ansoa estavam presentes. Todos os seus netos brincavam entre si ou com os jovens Persh. Ver Aloa e Alma acariciando Alaha e Craam, seus bisnetos, era uma cena tocante. Ela sentiu uma grande realização. Este sentimento suavizava sua dor como um líquido quente e envolvente. Ela recordava Croh com carinho.

"Não é lindo?" disse ela a Clint, sentado abaixo dela. "Fiquei chocada ao ver aqueles animais, os mesmos que mataram minha família. A visão trouxe uma lembrança dolorosa... mas agora estou bem."

"Você parecia tão assustada."

Ahn refletiu: 'Acho que ele não entenderia do que estou falando. Acho que apenas preciso continuar amando o que vejo diante de mim.'

Ela disse a Clint: "Estou tão feliz por poder amar todos vocês."

Decidiram que descansariam até o nascer do sol seguinte.

Quando o Sol começou a se pôr atrás das árvores, Ahn observou o vale enevoado pela última vez. Pendurada não muito distante estava uma esfera translúcida que captava os últimos raios do sol poente. Ahn observou em silêncio enquanto ela pairava momentaneamente. Ela ainda a observava enquanto lentamente se afastava e desaparecia no crepúsculo.

DAS TARTARUGAS E MAMUTES

Ao amanhecer, Ahn contemplou o vale. Não havia sinal da esfera translúcida. Felizmente, também não havia vestígios de leões ou outros animais perigosos.

Eles se organizaram em sua coluna de marcha e retomaram a jornada. Os três filhos crescidos de Ahn se juntaram aos Persh armados. Clint liderava uma fila, enquanto seus irmãos mais novos, Craat e Creep, uniram-se à outra. Os jovens machos e as fêmeas carregavam o que era necessário. Partiram em direção às colinas distantes.

A caminhada era fácil, enquanto desciam uma encosta. Então, depararam-se com uma visão inusitada ao contornar um canto da selva. O terreno diante deles descia para uma vala, e encontraram o que parecia ser uma longa fila de arbustos escuros. Ao se aproximarem, perceberam que não eram arbustos, mas um desfile de carapaças de tartaruga. Uma fila de tartarugas emergia da base de um agrupamento de árvores em um lado e se movia em direção à selva oposta. Parecia que um fluxo de carapaças de tartaruga cruzava o vale, desaparecendo na selva.

Clint deu o sinal para parar: "Grek... grek..."

O grupo parou e se espalhou para observar a cena incomum. Conforme as tartarugas desapareciam na selva, todos assistiam maravilhados.

Mas então surgiu um grito de alerta de um Cee Persh na retaguarda: "Greeh... greeh... greeh..."

Ahn virou-se para ver uma aterradora parede de animais gigantes surgindo por cima da colina atrás deles. Ela não sabia o que eram, mas eram mamutes. Suas enormes presas, balançando diante deles, reluziam ao sol.

Os mamutes avançavam lado a lado, rapidamente se aproximando do grupo. Ahn olhou ao redor em pânico. O que fariam? Ela temia por seus filhos e pelos Persh. Além da massa móvel de tartarugas havia uma colina repleta de enormes pedras.

Ahn rapidamente avaliou a situação e gritou: "Corram para as pedras. Graw... graw... graw!" Passem pelas carapaças móveis o mais rápido possível. Levem os pequeninos. "Graw... graw!"

Mal Ahn gritou, todo o grupo começou a correr em direção às carapaças de tartaruga, saltando de uma a outra em direção às pedras. Os adultos ajudavam os frágeis e muito jovens. Ao alcançarem as rochas, deslizaram entre as pedras maciças e encontraram proteção.

Ouviram um som terrível: "Krack... krack... krack."

Os cascos dos mamutes esmagavam as carapaças das tartarugas. Os animais pisoteavam as tartarugas enquanto se aproximavam do grupo. Quando os primeiros mamutes alcançaram as rochas, suas presas bateram contra as pedras maciças. Seus imensos cascos tropeçaram, fazendo-os tombar para frente e colapsar.

A essa altura, os Cabelos Escuros e os Persh escalavam a colina rochosa em busca de abrigo. Olharam para trás e perceberam que os mamutes haviam sido detidos.

À medida que a colina se elevava em direção ao céu azul, Crink e Ceel foram os primeiros a alcançar o cume. Observaram o que havia além.

Crink exclamou: "Olhem! Ah, olhem! Lá está um rio, um rio imenso."

Em breve, todo o grupo estava no topo da colina, avistando um vasto vale com um rio a cortá-lo. Margens relvadas e uma floresta densa ladeavam o rio de ambos os lados.

Ahn verificou que o caminho estava livre e disse: "Precisamos nos organizar quando chegarmos à beira do rio. Seguiremos o curso do rio. Vamos! Graw…graw…"

Ao alcançarem o rio e se posicionarem, prosseguiram pela margem, ao lado da vegetação rasteira que rodeava a selva.

À BEIRA DO RIO

O RIO fluía em direção a um pico nevado distante, para além de uma cadeia de colinas e um vale nebuloso. À medida que o sol se punha e a luz diminuía, o céu atrás deles mudava. Nuvens escuras se acumulavam, prenunciando a iminência da estação das chuvas. Eles desconheciam que aquelas nuvens escuras já estavam carregadas de um dilúvio de chuva que se aproximava. A escuridão aumentava e o ar esfriava.

Procediam por entre a vegetação densa que lhes chegava à cintura, almejando descobrir um refúgio onde pudessem repousar durante a noite. Logo, gotas de chuva pesadas caíam e uma brisa forte soprava.

"Grek...grek...grek... vamos parar aqui," gritou Ahn, "dormiremos entre os arbustos, perto da selva."

O grupo se acomodou onde estava. Frutas e nozes eram compartilhadas. Aloa alimentava sua bebe, e uma mãe Cee Persh cuidava dos seus pequenos. A chuva se intensificou em um temporal, com rajadas de vento transformando-a em trombas d'água. Restava-lhes apenas sentar-se ao chão e aguardar o fim da tormenta. Alguns Persh, em pânico, preparavam-se para correr em direção à selva.

"Graak…graak… permaneçam aqui," clamou Clint, "devemos ficar juntos." Anh mal ouvia sua filho através da tempestade. Ela embalava o pequeno Craam, que choramingava.

"Grraa…grraa..!" um dos Persh gritou alarmado, enquanto ondas de água gelada começavam a envolver os corpos que repousavam. O rio transbordava suas margens. Ondas fortes sucediam-se, varrendo o terreno onde o grupo se acotovelava. O chão, coberto de camadas de vegetação caída, moveu-se sob Anh, ainda segurando firme o pequeno Craam, enquanto ela e dois Persh machos eram arrastados para o rio em uma jangada de galhos.

Ahn sentia o movimento e gritava, "Clint, oh Clint", em puro terror.

Clint captava sons através da chuva torrencial, mas não conseguia identificá-los. Outros clamores se perdiam no estrondo da tempestade, enquanto Ahn e os Persh eram arrastados para o rio caudaloso. Mais partes do solo começaram a se mover.

Clint exclamava: "Segurem-se… segurem-se."

Cabelos Escuros e Persh agarravam-se a qualquer arbusto ou toco que encontravam.

O dilúvio da tempestade persistiu pela noite, até que, ao raiar do dia, a chuva diminuiu gradualmente e o nível do rio começou a baixar.

Assim que pôde ver além do próprio braço, Clint observou em volta para compreender o ocorrido. Os que estavam perto dele estavam ensopados pela chuva, mas aparentemente bem. Contudo, faltavam alguns. Onde estava sua mãe? Clint, aterrorizado, percebeu que sua amada mãe desaparecera. Seu pensamento, tomado pelo medo, indagava: 'Onde ela está?' Olhando para o rio transbordante, pensou: 'Será que a correnteza levou minha mãe? Estaria ela sob as ondas?' Clint se deixou afundar na lama, soluçando sem controle. Ahah, ao compreender o acontecido, rompeu em pranto.

Creep, seu irmão mais novo, exclamou: "Não… não… não… onde estão Craat, Alina, Aloa e a pequena Alaha? Onde estão?"

Ahah gritou: "E Ahee e Crink? ... Alguns de nossos Cabelos Claros sumiram."

Um dos Persh mais velhos ergueu-se, com água até os tornozelos.

Ciente do ocorrido, murmurou: "Graw… graw…"

Apontou para o rio, fazendo sinal a Clint. Clint viu o gesto e conteve o choro. Entendeu que o Persh mais velho queria que ele fosse ao rio, que buscasse ela lá. Clint procurou se recompor. Sabia que precisava assumir a liderança; a responsabilidade era sua. Reuniu os sobreviventes na margem lamacenta do rio. Com a calma restabelecida, Clint falou:

"Graak… graak… precisamos nos acalmar e refletir sobre nossa situação. Devo encontrar minha mãe e minhas irmãs. Uma Voz orienta minha mãe. Como seguiríamos sem ela?"

Então Creep indagou: "Como a encontraremos ela? Ela deve estar ainda à deriva rio abaixo."

"Compreendo a gravidade da situação", disse Clint, "mas precisamos fazer todo o esforço possível para encontrar a Mãe e os demais. Seguiremos pela margem do rio, buscando-os até que os encontremos. Esperamos que tenham ficado retidos em algum ponto das margens, para que possamos resgatá-los."

O grupo iniciou a jornada ao longo do rio em sua busca ela. Estavam os Persh remanescentes, Clint, seu irmão e dois sobrinhos. Cada um portava uma polo de defesa e uma pedra afiada. Durante a procura, Clint recordava-se do que sua mãe sempre dizia sobre A Voz; como el era "...sempre uma fonte de incentivo". Ela mencionava os momentos em que "ela e A Voz Melodiosa se encontrariam".

Apesar da memória confortante, um sentimento ardente dc dor invadia o peito de Clint, mas ele sabia que precisava concentrar-se na busca à frente, deixando de lado as sensações avassaladoras. Nutria a esperança de reencontrar sua mãe em breve. Clint jamais estivera afastado de Ahn.

Os Persh, igualmente devotos a Ahn, fariam qualquer coisa para encontrá-la. Clint tinha consciência de que eles o auxiliariam e a trariam em segurança ela. No entanto, enquanto vasculhavam as margens, a velocidade do rio, em seu fluxo impetuoso, parecia arrastar consigo toda a esperança. Cobras e outros répteis foram carregados pela corrente.

Como a Mãe sobreviveria?

51

A PESQUISA

Ahn estava aterrorizada na escuridão. Ela era arrastada pela correnteza do rio, açoitada por uma enxurrada de chuva. Segurando o pequeno Craam contra seu peito, os Persh se agarravam aos seus braços, um de cada lado. Parecia que flutuavam cada vez mais rápido.

"Grraa...grraa...aguente firme...aguente firme", gritava Anh, enquanto o pequeno chorava incessantemente.

Subitamente, um baque seguido de um ruído de atrito. A jangada em que navegavam encalhou em um banco de areia. Anh rolou para a areia com o pequeno Craam, e os Persh saltaram logo atrás.

Ao amanhecer, Anh percebeu que haviam aportado em uma ilha no meio do rio. A pequena ilha era apenas um trecho de areia e grama, salpicado de pedras. Ela ignorava que a ilha os havia salvado de seperderem nas rochas rio abaixo. Deitados na grama, sentiam-se seguros, aliviados por terem finalizado aquela jornada aterrorizante. Logo Anh percebeu que ainda estavam em grande perigo. Exaustos, o pequeno Craam e os Persh adormeceram, mas Anh não conseguia dormir.

Ela questionou em voz alta à Voz Melodiosa, "O que fazer, oh Voz? Sei que estou aqui por um grande propósito. Frequentemente ouço sua voz em mim, vejo o céu acima e o Rosto Branco. Minha vida terminará aqui, sem cumprir meu propósito?", lamentava-se, "Como isso é possível? Não há escapatória? Pode me ajudar de alguma forma?"

As lágrimas de Anh se perdiam no estrondo do rio. Os Persh e o pequeno Craam acordaram com seus lamentos, choramingando baixinho. Eventualmente, após se desgastar e rouquejar pedindo socorro, Anh levantou-se com Craam nos braços e rastejou até a ponta da ilha. Desolada ao pensar que aquele seria o fim de sua jornada, que morreria ali de inanição. Voltou ao seu leito na grama, chorando e pensando, 'Quando ouvirei a Voz Melodiosa novamente?' Exaurida, adormeceu num sono agitado, encolhida em posição fetal, com o bisneto aconchegado em seus braços.

Ahn foi despertada pela Voz Melodiosa, "...O que acontece com meu pequeno Novo Ser? Como se encontrou nessa situação? Não importa, não podemos deixar isso acontecer com você. Isso não pode acontecer..."

Pela primeira vez, a Voz Melodiosa parecia preocupada.

52

UM RESGATE AUDACIOSO

Clint e seus companheiros contornaram uma curva do rio. A correnteza agora estava mais lenta. Animais afogados e ramos de árvores já não passavam flutuando tão rapidamente. Na estreita passagem do rio, avistaram uma ilha baixa sobre as águas sombrias.

"Quem são aquelas silhuetas?" Clint murmurou pensativo, "Será que é a Mãe?" E então, exclamou, "Sim, é a Mãe e os Cabelos Claros!"

Os salvadores apressaram-se pela margem do rio até se alinharem com a ilha. Acenavam e gritavam, superando o estrondo das águas. Os Persh conseguiriam ouvi-los? Então, um dos Persh na ilha notou os acenos. Anh e o Persh começaram a retribuir os gestos para os que estavam na margem.

Lágrimas ameaçavam brotar nos olhos de Clint, mas seu corpo estava petrificado. Como alcançaria sua mãe? Ele permaneceu imóvel por um bom tempo, contemplando a ilha, pensando no que fazer. De repente, como que iluminado por uma inspiração, uma ideia surgiu em meio ao seu sofrimento.

Ele gritou para os ao seu redor, "Precisamos de cipós. Vamos procurá-los."

Logo, ele e os Novos Seres de Cabelos Escuros restantes, incluindo Ahah e Creep, começaram a amarrar vinhas para criar uma longa corda. Então eles e os Persh construíram uma jangada com galhos de árvores.Estes foram amarrados com mais cipós. A jangada foi posicionada na margem do rio, em frente à ilha.

Um grupo de Persh adultos se reuniu na curva do rio, segurando uma ponta da corda de cipó. Clint pegou a outra extremidade enquanto os Persh a mantinham esticada. Ele subiu na jangada, que foi colocada na água. Com um galho de árvore reto e uma folha de casca aos seus pés, Clint permitiu que a corda deslizasse por suas mãos, impulsionando a jangada rio adentro. A corrente levou a jangada, que, como um pêndulo, deslizou em direção à ilha. Ao chegar, mãe e filho, junto aos dois Persh, já os aguardavam. Ahn segurou Craam enquanto ela se juntava a Clint na jangada. Os Cabelos Escuros, então, afastaram-se da ilha, enquanto os Persh na margem mantinham a corda esticada. A jangada, novamente como um pêndulo, retornou à margem. Cabelos Escuros e Persh rodearam Anh. Sua querida mãe estava segura. Clint agarrou a corda tensa outra vez e voltou à ilha para resgatar os dois Persh que lá ficaram.

Quando todos finalmente estavam seguros na margem do rio, Ahn encontrava-se cercada pelos familiares Cabelos Escuros e pelos Persh. Todos tentaram abraçar sua mãe recém-resgatada. Clint chorava aliviado enquanto a abraçava.

Grandes lágrimas brotavam e escorriam por seu rosto.

"Oh mãe... oh mãe... oh mãe", ele exclamava.

Ele não encontrava palavras para expressar seus sentimentos. Aaha, Ahn e suas netos sobreviventes também derramavam lágrimas de alegria ao se reunirem. O grupo todo transformou-se num emaranhado de abraços.

Durante os abraços, Ahn observava ao redor, analisando cada rosto. Subitamente, uma terrível compreensão a assolou ela.

Com a voz embargada pela emoção, ela indagou, "Onde estão Craat, Alina, Aloa e a pequenina Alaha? E Crink e Ahee? Alguns dos nossos Cabelos Claros desapareceram?"

O segundo filho de Ahn, três netos e sua bisneta Alaha estavam desaparecidos, arrastados pela correnteza. Vários Persh também haviam sumido. Clint respondeu: "Sim, mãe, você está certa. Meu irmão sumiu, Alina desapareceu, Alaha e Aloa estão desaparecidos, assim como

Ahee e Crink. Devem ter sido levados pela corrente, como você." "Será que estão seguros?", perguntou Ahah.

"Provavelmente, estão numa jangada de galhos e ramos", conjecturou Clint, "não pararemos até encontrá-los. Esperamos que os Cabelos Claros desaparecidos estejam com eles. Graw... graw... vamos!"

Clint apontou para a margem gramada do rio, margeando a selva. "Melhor seguirmos o rio", sugeriu Clint, "continuaremos procurando. Não perderemos a esperança."

Depois de descansar na grama para se recuperar do choque, o grupo partiu em busca de todos aqueles que estavam perdidos.

EM BUSCA DOS OUTROS

AHN ESTAVA se recuperando do trauma de ser arrastado pela corrente. Clint assumiu a liderança na busca pelos membros perdidos rio abaixo.

Ele declarou: "Vou em frente com Creep. Vocês dois Cabelos Claros podem vir comigo?" Ele gesticulou para os Persh.

Clint escolheu dois Persh mais experientes para a busca. "Certamente encontraremos nossos amados", afirmou ele.

Deixando Ahn e os outros sobreviventes, Clint e seu grupo iniciaram o trajeto pela margem do rio em um trote leve. Não podiam desperdiçar tempo na busca.

Inicialmente, atravessaram uma área rochosa onde a margem do rio estava parcialmente desmoronada.

Subitamente, um dos Persh grunhiu, "Grraa... Grraa..."

O grupo parou abruptamente. Mais à frente, um rebanho de animais de chifres longos bebia na beira do rio.

Os quatro aguardaram, frustrados, até o rebanho retornar a uma clareira na selva.

"Certo, agora podemos prosseguir", disse Clint.

Adiante, avistaram grandes jacarés na margem do rio. Eles arrastavam a carcaça de um animal morto em direção ao rio.

"Esperaremos até que tenham ido", disse Clint em voz baixa.

Os quatro se agacharam para descansar onde estavam. Finalmente, quando os jacarés desapareceram no rio, puderam prosseguir com a busca.

Já próximo ao entardecer, perceberam um som estrondoso adiante. Chegaram a uma cachoeira que se estendia até a margem oposta do rio. Descendo por uma encosta pedregosa até a cachoeira, Clint sentiu um horror profundo. "Uma jangada de galhos não teria resistido a isto", ele disse, "A menos que encontremos os desaparecidos aqui, devem ter sido levados. Vamos chamar por seus nomes".

"Alina, Ansoa... Alina, Ansoa...", Clint e Creep gritavam.

Os Presh emitiam gritos agudos. Todos gritavam e gritavam repetidamente até perderem a voz. Ao anoitecer, recuaram para os altos galhos das árvores.

Ao raiar do dia, Clint e seu grupo começaram a voltar em direção a Ahn e ao grupo principal. Eles haviam se abrigado durante a noite, e ambos os grupos se reuniram perto de onde Clint viu os jacarés.

Quando Clint falou, começou a chorar: "Não encontramos Alina, Ansoa... nem os outros".

"Não chore agora", disse Ahn, "A Voz Melodiosa e o

Rosto Branco cuidarão deles. O rio nos guiará até o ninho do Rosto Branco, onde certamente os encontraremos."

O grupo se organizou em filas de marcha mais curtas e partiu, retomando a busca pelo ninho do Rosto Branco.

54

OS ELEFANTES FURIOSOS
DO MATO

AHN SE RECUPEROU da provação de ter sido arrastada pelo rio. Ela caminhou ao lado de Clint e do grupo enquanto eles seguiam adiante. Assim viajaram pela margem gramada até o sol se posicionar alto no céu. Chegaram a uma região de arbustos baixos e densos, por onde tiveram que se abrir caminho. Nesse instante, avistaram à frente um animal quadrúpede com pele cinza brilhante e um nariz longo. Tinha a mesma altura de um Persh macho e estava mastigando arbustos na orla da selva. Não percebeu os intrusos, mas Ahn preferiu não arriscar.

Ela alertou: "Grraa... grraa...", sinalizando perigo.

O grupo alterou sua rota, contornando a distância o animal de nariz longo.

Ao retomarem seu caminho, mantiveram-se próximos às árvores da selva. Quando contornaram uma curva do rio, surgiram cinco enormes animais quadrúpedes escuros. Ahn reconheceu-os de algum lugar. Ela não sabia seus nomes, mas eram elefantes do mato. Eram familiares do animal que haviam passado e agora corriam em direção ao grupo.

Ahn exclamou: "Grek... grek... pare!"

Ela agarrou um pequeno e adentrou a selva. O grupo inteiro seguiu, com os adultos auxiliando os jovens e os frágeis. Os elefantes aproximavam-se rapidamente, com enormes presas oscilando à frente.

Assim que o último Persh encontrou abrigo atrás de uma árvore, o elefante líder chocou-se contra ela. As presas dele se emaranharam nos galhos enquanto o segundo e o terceiro colidiam com o primeiro.

O primeiro elefante emitiu um forte trompete: "Cra-aa...!" enquanto lutava para libertar suas presas. Ele balançava-se de um lado para o outro.

Ahn deixou o pequeno e voltou para a entrada da selva. Chegou a tempo ela de ver o primeiro elefante se soltar e recuar. Finalmente, os elefantes encontraram seu filhote, e os seis se afastaram, desaparecendo ao longe.

"Foi por um triz", disse Clint, "quase não escapamos".

"Sim", concordou Ahn, "vamos descansar um pouco. Depois, podemos partir e seguir o rio".

Ela pensou, 'Devemos esperar aqui para dar tempo aos monstros de se afastarem'. Aguardaram e relaxaram em um local que julgaram seguro. Em seguida, retomaram sua jornada ao longo do rio. Uma jornada quase arruinada pelos elefantes do mato.

55

O METEORO

Os sobreviventes da terrível tempestade continuaram seguindo a margem do rio. Jamais se afastaram muito da selva mais próxima, ainda esperançosos de encontrar os desaparecidos. Às vezes enfrentavam pancadas de chuva, buscando abrigo. Mas nada se comparava à tempestade que levou Ahn. Ao se depararem com um desfiladeiro, o grupo buscava formas de atravessá-lo. Caso contrário, teriam que contorná-lo completamente.

Seguiram assim até o sol passar do seu ápice.

Ahn decidiu que deveriam parar para se alimentar.

Ela sugeriu, "Clint, acho que devemos parar aqui para comer, entre essas árvores. Parece seguro".

Justo quando estava prestes a ordenar a parada, um meteoro flamejante atingiu as árvores à frente deles. Um clarão cegante seguido de um estrondo ensurdecedor. O chão tremeu sob seus pés, e imediatamente chamas irromperam na borda da selva. As árvores e a vegetação ao redor pegaram fogo. As chamas saltavam de árvore em árvore, de arbusto em arbusto. O fogo avançava rapidamente em direção ao grupo. Em pânico, viraram-se e correram de volta pelo caminho percorrido. O crepitar da madeira queimando ecoava pelo ar.

Como Ahn estava na frente da coluna, agora se encontrava na retaguarda. Ela certificava-se de que não havia retardatários, e ao pegar uma criança pequena, foi atingida pelas chamas. Sentiu um calor abrasador atrás de si, e os pelos de suas costas se incendiaram. Correndo o mais rápido que pôde, conseguiu ultrapassar uma colina e se livrar do perigo imediato. Ao fazer isso, ela soltou o pequenino e começou a rolar na grama para apagar as chamas. Mas o dano já estava feito. Ahn estava em uma dor excruciante, chorando e soluçando lágrimas copiosas.

"Oh, Voz, por que isso teve que acontecer comigo?", ela gritou em meio à dor, "Por que comigo?"

Mas não podiam perder tempo. As chamas se aproximavam rapidamente. "Vamos, mãe, temos que prosseguir", incentivou Clint.

Ahn, resistindo à dor, apressou-se para acompanhar o grupo enquanto arrastava a criança pela mão. Finalmente, encontraram um antigo leito de rio, agora completamente seco. Não havia arbustos para alimentar o fogo.

"Precisamos nos abrigar aqui até que o fogo passe", declarou Clint, "não sobreviveríamos a céu aberto".

Eles se agacharam juntos enquanto o ar acima deles esquentava e a fumaça bloqueava o céu.

Ahn ainda soluçava baixinho, deitada de bruços. Para ela, a agonia foi agravada pelo conhecimento de que o grupo agora entenderia que, suas líder, era vulnerável. Ela sabia disso, apesar da dor dominar seus pensamentos.

Quando percebeu a ausência de folhas frescas para amenizar a dor intensa, suplicou: "Cuspam nas minhas costas... cuspam nas minhas costas..."

Aaha, Ansoa e sua neta Alma entenderam o que estava acontecendo. Eles se reuniram em torno de Ahn, cuspiram na ferida aberta. Para consolar a mãe, começaram a entoar a canção de ninar que Ahn cantava para eles quando eram pequenos. "... Meu pequeno tesouro, feche os olhos e durma... A canção do Rosto Branco canta para você..." Enquanto repetiam, os Persh começaram a lamentar. Então, todo o grupo, Cabelos Escuros e Persh, se uniu em pranto. O canto da canção de ninar e os lamentos continuaram, oscilando, até que o sol começou a emergir por entre a fumaça.

56

TERRA FUMEGANTE

Naquela hora, a paisagem se transformou em um mar ardente de calor. Sobre uma colina, apenas tocos carbonizados restavam das árvores, com a fumaça subindo aos céus.

Ahn sentiu alívio com a chegada da noite fresca, enquanto jazia de bruços.

Ela levou a noite inteira e metade do dia seguinte para adormecer num sono inquieto. Os Cabelos Escuros e os Cee Persh adultos reuniram-se ao seu redor no leito seco do rio. Eles se revezavam abanando as costas de Ahn com pedaços de casca seca.

Então, os choros de uma criança os lembraram que estavam sedentos e famintos. Era necessário encontrar uma selva intocada.

Clint disse: "Precisamos buscar comida, mas antes temos que levar a mãe ao rio para tratar suas feridas".

Clint não sabia como, mas de algum modo conseguiram levar sua mãe até o rio. Ao chegar lá, Ahn foi cuidadosamente colocada na água fresca para um banho. Depois, era hora de buscar árvores não queimadas. O grupo ansiava por mergulhar na água junto com Ahn, mas a urgência da fome os impelia a seguir adiante.

Clint propôs: "O vento soprava para cá, então vamos explorar na direção oposta, além de onde o meteoro caiu."

Eles se organizaram em um grupo desordenado e seguiram na direção apontada por Clint. Ahn contou com a ajuda de dois dos Persh machos mais robustos.

Seu trajeto atravessou a área devastada pelo fogo. O solo, ainda quente, felizmente permitia passagem. Contornaram o local da queda do meteoro e prosseguiram.

"Vejo árvores verdes adiante!", exclamou Ahah, "Mas sejamos cautelosos ao nos aproximarmos."

Encontraram as árvores antes que alguém do grupo sucumbisse ao esgotamento. Rapidamente, dispersaram-se para saciar a fome. As fêmeas garantiram que os filhotes fossem alimentados primeiro e que Ahn recebesse folhas suculentas.

A selva jazia em um silêncio sepulcral. Os animais haviam fugido, deixando folhas, frutas e nozes em abundância para o grupo. Estavam salvos.

Assim que os adultos se alimentaram, Clint coordenou a construção de uma plataforma e ninhos. Ele priorizou a segurança, seguindo o exemplo de sua mãe. Primeiro, era essencial preparar um lugar para Ahn repousar. Ela foi colocada cuidadosamente na plataforma recém-concluída, e Aaha e Ansoa aplicaram folhas frescas em suas costas. Elas sabiam que isso aliviaria a ferida de Ahn. A dor diminuiu um pouco, mas ainda era tão intensa que Ahn mal conseguia se mover. Ela precisou pedir que lhe trouxessem comida.

Após cuidarem de Ahn, decidiram que todos deveriam descansar. Muitos estavam com os pés doloridos e os olhos ardendo.

"Clint, precisamos todos descansar e nos recuperar", aconselhou Ahah, "Mãe vai precisar de bastante tempo até poder viajar."

"Certo, vamos nos abrigar aqui até que a Mãe esteja pronta", concordou Clint.

Sem sinais de animais perigosos por perto, ele considerou seguro descer pela margem gramada até o rio.

"Se formos cuidadosos, podemos ir ao rio."

E assim o fizeram. Alternadamente, o grupo inteiro desceu para refrescar os pés inflamados na água fresca.

57

O SOFRIMENTO DA MÃE

Ahn jazia de bruços em um novo deque coberto de folhas. A dor nas costas diminuía um pouco, mas ela sentia que estava drenando suas forças. Ahah e Ansoa eram extremamente cuidadosos ao aplicar folhas frescas e garantir que ela recebesse os melhores alimentos. Cuidar de sua mãe era o foco deles, dia e noite.

Além da dor física e da perda de tantos filhos, o fato de sua jornada em direção ao seu objetivo ter sido interrompida era como uma ferida adicional para Ahn. Enquanto repousava sobre as folhas, sua mente vagava da dor para lembranças felizes do passado. Desde a aparição dos seres luminosos e o início de sua nova vida, todas as alegrias reviviam em sua memória. Ela havia cumprido tudo que a Voz Melodiosa solicitara. Seu casamento com Croh lhe trouxera os filhos que tanto amava. Agora, havia netos e bisnetos, todos queridos em seu coração. Momentos felizes passados nas copas das árvores, conversando com o Rosto Branco. Ela recordava a primeira vez que os machos de

Cabelos Claros se alinharam na savana, com seus bastões de defesa preparadas. Mas também tinha pensamentos frustrantes. Quando a Voz Melodiosa disse, "… nos encontraremos em breve…", isso significava que o encontro com o Rosto Branco aconteceria logo? 'Por que a espera?' Pensava ela, 'Se apenas seus filhos não tivessem desaparecido e não houvesse ocorrido o incêndio.' A Mãe ansiava responder ao que percebia ser um convite para visitar o ninho do Rosto Branco. Suas queimaduras demoravam muito para cicatrizar. Sentia que seu tempo estava se esgotando.

Num amanhecer, Ahn chamou Clint: "Devemos reiniciar nossa jornada. Precisamos encontrar os desaparecidos para que eu possa chegar ao ninho do Rosto Branco enquanto ainda tenho forças."

"... Mas mãe, você ainda não está suficientemente bem. Creio que devemos esperar até que você se recupere totalmente."

Clint sabia que sua mãe queria reencontrar sua família e alcançar seu objetivo, mas ele não acreditava que ela estivesse pronta.

Ahn insistiu: "A estação chuvosa se aproxima, filho. Devemos avançar um pouco antes das chuvas."

"Mas Mãe, você não está pronta."

"Filho, estou ordenando. Devemos partir o quanto antes." Clint selecionou quatro machos saudáveis para carregar sua mãe, três Persh e Creep, o terceiro filho de Ahn. Eles construíram uma maca semelhante a um ninho para transportá-la. Logo, todo o grupo estava pronto. Reorganizaram-se nas formações de coluna anteriores o mais próximo possível e partiram sob o comando de Clint.

A PERDA DA MÃE

O RIO descia veloz por entre as corredeiras, rumo a um vale coberto de névoa. A coluna de Cabelos Escuros e Cee Persh seguia pela margem do rio, próxima à linha das árvores. Além de Clint, Ahah e Ansoa, a coluna incluía os outros Cabelos Escuros, Creep e os demais netos de Ahn, Ceep, Ceel, Alma e o pequeno Craam, sua primeiro bisneto ela. Enquanto o rio serpenteava vale abaixo, a maca de Ahn era carregada por três Persh e Creep. Ahah e Ansoa revezavam-se ao lado da mãe. Ela ainda estava frágil, e as filhas conversavam com ela, ajudando-a a suportar a dor. Ahn se deitava de um lado para o outro. Suas costas estavam cicatrizando ela, mas a dor persistia. Clint frequentemente verificava se sua mãe estava bem. Ele temia que ela não estivesse pronta para essa jornada, preocupado com suas queimaduras.

À medida que avançavam, a névoa começava a se formar sobre o rio, espalhando-se pelas margens. Clint temia que não conseguissem ver os perigos à frente.

"Grek… grek… parem", ele ordenou uma parada.

Verificariam a segurança da selva e permaneceriam ali até que o ar estivesse limpo. Enquanto Clint inspecionava, uma nuvem de névoa começou a se formar em torno da maca de Ahn. A névoa tornou-se cada vez mais densa, transformando-se numa nuvem branca que envolveu completamente a maca. A maca agora estava invisível, envolta em branco. Ahn havia acabado de despertar de um sonho. Ela pensou, 'Lembro-me de uma nuvem branca assim, essa alvura. Faz tanto tempo, mas ainda me lembro… ooooh…' Sentiu uma nova sensação ela. Era como se sua vida estivesse deixando seu corpo ela, sendo absorvida pela nuvem.

Ao lado da nuvem, no grupo, ouviram-se exclamações de surpresa. "Ohoo…? De onde veio essa nuvem?" Ahah, chocada, falou primeiro: "Ah, não! Mãe, onde você está? Não conseguimos vê-la. Você está totalmente oculta."

"O que está acontecendo?" Clint voltou à margem do rio, "O que está acontecendo?"

Os quatro que carregavam a maca afundaram na grama. Um silêncio atônito pairou sobre a cena. Então, enquanto observavam, a nuvem branca elevou-se lentamente no ar. Flutuou sobre as árvores e, ganhando velocidade, disparou em direção ao céu. Exclamações de assombro ecoaram; os olhos de todos os Cabelos Escuros acompanharam até que ela se tornou um ponto entre as nuvens.

A maca de Ahn jazia onde fora largada. Clint ajoelhou-se na grama ao lado de sua mãe. Inclinou-se sobre ela e viu que seus olhos e boca estavam fechados. Ele tocou o braço de sua mãe. Por baixo dos cabelos, a pele dela estava fria. Ele tocou a testa de sua mãe. Também estava fria ao toque.

'Como você ficou tão fria de repente, Mãe?', pensou ele, e então, com horror, percebeu que sua mãe estava morta. A vida havia deixado o corpo de sua mãe. Clint se sentiu congelar por dentro. Começou a soluçar incontrolavelmente. Suas irmãs e sua filha Alma juntaram-se a ele no luto. As fêmeas atiraram-se à grama ao lado do esquife e começaram a lamentar em alto som. Os machos de Cabelo Escuro, Creep, Ceel, o pequeno Craam e todos os Cee Persh reuniram-se em torno, compartilhando as lágrimas. Clint pensava:

'Será que jamais verão sua amada mãe viva novamente?' Os soluços e lamentações prosseguiram por muito tempo.

Então, Clint exclamou em voz alta: "Oh, Mãe, continuaremos sua busca pelo ninho do Rosto Branco. Encontraremos sua vida ali. Fique em paz até que cheguemos a você naquele ninho."

Ahah, entre soluços, ela disse: "Oh, mãe, sentimos tanto a sua falta. Espere por nós; estamos a caminho."

O QUE ACONTECEU?

Durante seu sofrimento, Clint conseguiu formular uma pergunta para a mãe que já não estava mais ali.

"Oh, mãe", indagou ao corpo inerte dela, "foi por não encontrarmos os desaparecidos que você nos deixou? Mas nós continuamos seguindo o rio. Não havia mais o que fazer. Estamos tão tristes que você não conseguiu chegar ao ninho do Rosto Branco."

Quando Clint finalmente caiu em si, ele se levantou da grama.

Disse: "Vamos envolver o corpo da Mãe em casca de boa qualidade e levá-la à parte mais alta das árvores. A Voz poderá encontrá-la lá."

Após prepararem um ninho na parte mais alta das árvores, Clint, seu irmão Creep e dois anciãos Cee Persh levaram o corpo de Ahn até lá. O caixão de casca foi amarrado com cipós para que o vento não o levasse. Antes de descerem para se juntar aos outros na margem do rio, Creep observou pelas folhas, em direção às colinas ao longe.

"Oh, olhem! Lá no horizonte, além das colinas roxas, há uma floresta verde que parece resplandecer. Será que era para lá que a vovó estava indo?"

"Sim, Creep, estou vendo", disse Clint. "Talvez a mamãe já tivesse quase atingido o objetivo. É muito triste."

Após um período de silêncio contemplando onde jazia o corpo de Ahn, eles retornaram à margem do rio para se reunir com os demais. Clint sentiu uma voz interna. Era a Voz Melodiosa, a mesma que sua mãe frequentemente mencionava.

A Voz Melodiosa falou: "... Levamos sua mãe para junto de nós agora.

Ela está em casa conosco. Ela cumpriu sua missão..." A Voz Melodiosa prosseguiu: "... Você ocupará o lugar dela. "Poderemos nos encontrar com você em breve…"

Clint continuaria a missão de sua mãe para encontrar o ninho do Rosto Branco.

O VALE

Clint sentia um imenso vazio agora que sua mãe não estava mais entre eles. Ele pensava: 'Talvez ela esteja agora em algum lugar com os membros desaparecidos de sua família'. Ele herdou a Voz Melodiosa que falava com ela.

"... Nós nos encontraremos com você em breve...".

Essas palavras lhe davam consolo e força para prosseguir. Ele seguiria em frente na busca pelo ninho do Rosto Branco.

Eles se reorganizaram em suas fileiras, retomando a caminhada, contornando o rio e a selva. O rio fazia uma curva acentuada antes de chegar ao sopé de uma montanha. Clint decidiu que deveriam deixar o rio e seguir na direção do sol do meio-dia. Ele avistou uma passagem na selva e algo que parecia ser um vale ao lado da montanha.

Apontou e exclamou: "Vamos por ali... graw... graw".

Rumaram para o vale, alcançando a primeira descida. Clint ordenou: "Grek... grek... parem".

Ele observou que o vale era profundo e sombrio.

"Não acha que parece perigoso?", questionou Ahah, ao seu lado. Ela sempre fora a mais cautelosa dos dois.

Clint respondeu: "Não imagino que os gigantes das planícies vivam em um lugar tão sombrio. Esses animais preferem a luz do sol e espaços abertos. Creio que estaremos seguros".

Gritou novamente: "Graw... graw... vamos continuar. Continuaremos até alcançarmos o outro lado".

O caminho descia para o vale. A caminhada era fácil e a coluna estava abrigada entre altas falésias. Apesar das nuvens de chuva se formarem no céu, Clint não se preocupava. Ele notou que um lado do vale estava densamente arborizado. Haveria abrigo em caso de chuva.

Logo as primeiras gotas de chuva começaram a cair. Clint ordenou: "Graak... encontrem abrigo".

Ele previra que poderia chover. Movimentaram-se entre as árvores, mas continuaram em direção ao fim do vale. Embora a progressão através do mato e desviando entre troncos de árvores os retardasse, pelo menos estavam secos. Os únicos animais eram pequenos, e eles fugiam do caminho.

Conforme o grupo avançava, a chuva intensificava-se e tornava-se torrencial. Gotas grandes caíam do alto e a água começou a fluir entre as árvores, circundando os pés dos viajantes. A água subiu e atingiu os joelhos dos adultos.

Um pequeno Persh gritou: "Grruh...!" e desapareceu sob a superfície. Ao ser resgatado, Ahah percebeu o perigo.

Ela gritou: "Grrah... subam".

"Subam nas árvores", acrescentou Clint.

A INUNDAÇÃO

A ÁGUA SUBIA INCESSANTEMENTE enquanto o grupo escalava as árvores. Os adultos carregavam os mais fracos, subindo galho por galho, cada vez mais alto. A floresta ressoava com gritos de pavor enquanto lutavam para se manter acima do avanço das águas. Os Cee Persh, sempre mais ágeis na escalada do que os Novos Seres Cabelo Escuro, chegaram primeiro ao topo das árvores. Porém, quando os galhos começaram a ceder e quebrar sob o peso, eles foram os primeiros a despencar nas águas crescentes. Agarravam-se desesperadamente a qualquer ramo para se manterem à tona.

Entre os sons das águas batendo nos galhos mais altos, ouviam-se gritos desesperados de "Socorro… socorro!" dos Cabelos Escuros menores e "Graak… graak!" dos Persh mais jovens.

Quando a água transbordou pelas folhas mais altas e continuou subindo, já não havia mais onde se agarrar. Braços agitavam-se freneticamente na superfície. Cabelos

Escuros e Cee Persh agarravam-se uns aos outros, mas ambos acabavam submergindo. A água formava ondas, agitadas por um vendaval cada vez mais intenso.

Um a um, começaram a desaparecer, engolindo água e silenciando-se. Clint foi um dos últimos a afogar-se. Um grande pássaro pousou em sua cabeça, empurrando-o para debaixo d'água.

As únicas criaturas que restaram lutando nas ondas eram pequenos animais da floresta e, milagrosamente, um jovem Cabelo Escuro. Este jovem macho conseguiu se agarrar a um galho podre, lutando desesperadamente por sua vida. Ele oscilava nas ondas agitadas e na chuva torrencial. Seus gritos abafados de "Socorro... socorro... socorro!" foram abafados pelo vento que agora uivava.

O jovem Cabelo Escuro era Craam, o primeiro bisneto de Ahn. Ele lutou para sobreviver, agarrado ao galho até o vento e a chuva amainarem. Ele encontrou uma grande pedra e conseguiu ficar em segurança em cima dela, tremendo de choque.

62

O SOBREVIVENTE

Após a tempestade, Craam viu-se à beira de um vasto lago entre dois penhascos – as bordas do vale. Não havia vestígios da floresta. Reinava um silêncio mortal, ocasionalmente quebrado por um grito distante de pássaro. Ele permaneceu ali durante o restante do dia e pela noite afora.

Ao nascer do sol seguinte, a água havia recuado, e Craam avistou os corpos de Clint e de sua jovem prima Ahee. Dois Persh jaziam pendurados nas árvores.

Não havia sinal dos demais. Pássaros grasnantes sobrevoavam e começaram a descer em sua direção. Ao perceber que estava completamente só, ele subiu para um terreno mais alto, sentou-se e cruzou os braços sobre os joelhos. Baixou a cabeça e chorou, inundado pela solidão.

'O que será de mim agora?', pensou ele. Estava cercado por poças d'água, próximo ao corpo de um pequeno animal. Ele refletiu sobre o túmulo aquático onde sua família jazia.

Então, sentiu uma voz interior: "... Você, Craam, sobreviveu às águas.

Continue, pequeno... Eu logo o verei...".

Ao nascer do sol, ele partiu em sua direção. Craam conhecia a busca de sua bisavó pelo ninho do Rosto Branco. Agora, seu único propósito seria prosseguir com essa missão. Ele seguiria na direção onde acreditava estar o ninho. Talvez lá encontrasse ajuda. Craam avançava, escalando troncos caídos e contornando poças lamacentas.

Ao anoitecer, subiu numa árvore para dormir.

No dia seguinte, após uma refeição de folhas e frutos, seguiu rumo ao sol nascente. Animais quadrúpedes fugiam à sua frente, dispersando-se ao seu passar. Ele avistava ao longe, à sua direita, uma montanha. Usaria isso como ponto de referência.

63

UMA REUNIÃO INUSITADA

Subindo uma colina, Craam encontrou um corpo caído na grama plana, cercado por poças d'água. Era o corpo de uma femea de cabelo escuro, usando uma saia de palha suja. Ela estava deitada de costas. "É uma jovem fêmea", pensou Craam, "uma femea de cabelo escuro". Seus olhos estavam fechados, como se estivesse dormindo ela — ou morta. Craam, de pé ao lado do corpo, começou a chorar intensamente. Soluços intensos lhe sacudiam o peito. Ele não percebeu que os olhos da femea estavam abertos e que ela havia rolado para sua lado.

"O que você está fazendo aqui? Quem é você? Você está usando uma saia de palha!", exclamou a fêmea.

Craam, surpreso, recuou, encarando a recém-chegada.

"Eu... sou um Cabelo Escuro... perdi toda a minha família. Eles se afogaram no dilúvio."

"Que tragédia", respondeu ela, "também sou uma Cabelo Escuro. Perdi toda a minha família – minha tia, meu tio, minha irmã, meu irmão, um primo, uma sobrinha e nossos guardiões de Cabelo Claro. Todos foram soterrados por um rio de lama do outro lado daquela montanha. Uma chuva torrencial causou o desmoronamento. Meu bebê foi levado pelo deslizamento de terra."

Ela apontou para uma montanha amarelada.

"Eu não conseguia prosseguir. Achei que morreria aqui de tristeza."

Ao abraçar Craam, ela percebeu que era mais alta que ele. Ele tinha apenas a altura de sua sobrinha Alaha.

"Você só tem a altura de Alaha!", exclamou ela.

Craam sentiu um alívio imenso com o abraço. Ficou atordoado, sem palavras. Apenas encarou a estranha, sentando-se atordoado.

"Estou tão feliz que você esteja aqui. Espero que você possa me ajudar", disse a fêmea. "O que você acha que devemos fazer?"

Recobrando-se, Craam respondeu: "Estou a caminho do ninho do Rosto Branco. Essa foi a missão da minha bisavó e eu vou continuar o que ela começou".

"Será que o nome dela é Anh? O nome dela é Ahn, certo? Bem... ela é minha avó. Acho que ela foi a primeira Cabelo Escuro como nós", disse a femea. "Ela se foi agora? Talvez sejamos as únicas Cabelo Escuro que sobraram. Qual é o seu nome?"

"Meu nome é Craam."

"Oh, seu nome é lindo. Me chamo Ahee."

"Quando perdi minha família", disse Craam, "ouvi uma voz interior dizendo: '...Continue... logo nos veremos... continue...' exatamente assim."

"Então vamos continuar", disse Ahee, "vejo uma selva alta ali.

Talvez seja lá que fica o ninho do Rosto Branco."

179

NO INICIO

"Então vamos continuar", disse Ahee, "vejo uma selva alta ali.

Talvez seja lá que fica o ninho do Rosto Branco."

179

64

OS PRIMOS

Craam e Ahee atravessaram uma savana castigada pela tempestade em direção à entrada de uma selva sombria. Eles estavam procurando o lugar onde achavam que poderia estar o ninho do Rosto Branco. Carregando o peso de uma grande perda, pouco se importavam com o que os cercava. Ao adentrarem na selva, não pensaram nos perigos. Colheram folhas e frutas para comer e se sentaram ao pé de uma árvore. Ignoraram os macacos tagarelas nas árvores acima deles enquanto partilhavam silenciosamente a dor da perda. Mordiscavam suas folhas e amoras.

Silenciosamente, uma grande esfera translúcida deslizou pelas árvores em direção a eles.

Ahee percebeu o movimento pelo canto do olho. "Ohh...!" exclamou ela, levantando-se de repente.

A esfera se aproximou e pairou diante deles. Ahee pôde ver uma figura alta e brilhante de cor branca e outra menor de cor verde-pálida dentro dela. A figura mais alta começou a falar.

"Saudações, Ahee e Craam. Estamos passando por seu tempo e lugar e sentimos em nossos espíritos que vocês estão sofrendo com a grande dor da perda. Podemos ajudar de alguma forma?"

"Quem... quem são vocês? Como sabem nossos nomes?", perguntou Ahee.

"Eu sou o Anjo Absolin e estou acompanhado pelo Anjo Verde Pálido. Quanto aos seus nomes; temos nossas formas de saber certas coisas. O que aconteceu aqui? Por favor, contem-nos."

"Oh, Anjo, perdemos todas as nossas famílias, todas as pessoas próximas a nós. Estamos transbordando de tristeza."

"Entendo, mas asseguro-lhes que todos os que vocês acham que estão perdidos estão seguros. Seus espíritos e pensamentos estão agora em um lugar de harmonia e paz. E quanto a vocês, asseguro que temos o poder de suavizar seu caminho."

Naquele instante, o anjo alto inclinou-se em direção ao anjo verde pálido e sussurrou algo. O anjo verde pálido saiu do globo, abriu suas asas e voou em direção às árvores.

"Não sei o que o futuro reserva para vocês, meus queridos. Por enquanto, a paz entrará em suas vidas e o peso do seu sofrimento será aliviado. Mas não posso demorar. Tenho tarefas a cumprir. Preciso despedir-me de vocês".

A esfera translúcida ergueu-se e afastou-se. Ziguezagueando entre as árvores, desapareceu de vista. Ahee e Craam ficaram estupefatos, encostados na árvore. Então, sentaram-se e refletiram sobre o que acabara de acontecer, decidindo prosseguir no caminho que estavam seguindo.

"Vejo uma clareira além dessas árvores. Vamos continuar por lá", disse Craam. "Parece que essa selva é mais fácil de atravessar".

Logo, eles caminhavam por uma floresta livre dos arbustos costumeiros que dificultavam a passagem. A floresta foi se abrindo, revelando áreas de grama verde-esmeralda salpicadas de arbustos floridos multicoloridos. O ar tornou-se mais fresco e o solo, macio sob seus pés. Era como se tivessem entrado em um mundo diferente. Sentimentos estranhos os envolviam, e caminhavam de mãos dadas em busca de apoio.

Eram uma irmã mais velha e seu primo mais novo adentrando um tipo diferente de selva.

Ao descerem para um vale, foram envolvidos pelo canto musical de pássaros exóticos que voavam de um lado para o outro. Grandes animais espiavam por entre os troncos das árvores. Faces com olhos grandes observavam o casal, mas nenhum animal emergiu para ameaçá-los. O ar estava impregnado com o perfume de inúmeras flores.

"... Bem-vindos a um jardim de paz e tranquilidade, meus pequeninos...", uma voz melodiosa ecoou pelo ar.

"Você ouviu essa voz?", perguntou Craam. "Sim, ouvi, Craam... uma voz encantadora".

A dupla atravessou uma cavidade coberta de musgo verde até um monte gramado e sentou-se para descansar. Eles estavam cercados por muitas árvores frutíferas. Ahee, encantada pela abundância de frutas deliciosas, virou-se para o primo e disse: "Oh, Craam... obrigada por me encontrar."

UM CLIMA MUITO DIFERENTE

ARTHUR ALVES TINHA uma inspeção agendada no Conjunto de Antenas Número 4 às 11h00. Uma tempestade de areia assolava a região há dois dias, mas tempestades de areia não podiam interferir nas manutenções programadas. Às 11h00, ele adentrou a passarela que levava às antenas. Através da cortina de poeira, mal conseguia distinguir o contorno do primeiro assentamento além das estruturas de suporte e uma tênue silhueta da borda da cratera. Antes de começar a inspeção, Alves retirou o Dispositivo de Gravação do bolso da perna direita. Novamente, afastou da mente aqueles pensamentos incômodos sobre nadar na Baía de Guanabara.

Alves examinou as antenas uma a uma. Toda comunicação com a Terra dependia do funcionamento impecável delas. Nada podia ser negligenciado. Um ligeiro tremor de terra podia desalinhar uma antena. Após concluir e registrar as inspeções, Alves se dirigiu à Eclusa de Ar D e ao cubículo de descontaminação. Com o procedimento de descontaminação concluído, entrou no elevador e fechou a porta.

Ao dizer "Quarto Nível", uma chama lampejou diante de seu visor.

Ele acionou o botão de descida de emergência e aguardou um segundo até o elevador começar a descer. Já sentia o fogo queimando seu traje de compressão. Seus pulmões teriam sido consumidos pelas chamas se não estivesse usando o capacete. No quarto nível, a porta se abriu. Um Oficial de Segurança da Estação já o aguardava com um extintor de incêndio. O extintor foi acionado imediatamente dentro do elevador, apagando o fogo. A vida de Alves talvez tivesse sido salva.

Com o capacete removido, ele foi levado às pressas para a enfermaria mais próxima. Mesmo em agonia, resistiu a desabar no chão. Ele ficou de pé enquanto duas enfermeiras cortavam cuidadosamente partes de seu traje que cobriam queimaduras purulentas. Um médico, ao chegar, avaliou que, devido às queimaduras cobrirem mais de 50% do corpo de Alves, ele poderia não resistir. Mesmo antes de remover completamente o traje, o médico iniciou o tratamento. Aplicou um raio curativo nas queimaduras expostas de Alves.

Quando o traje foi totalmente retirado e o tratamento de emergência completado, quatro assistentes médicos colocaram Alves flutuando sobre uma almofada de ar resfriado. Essa almofada manteria o paciente até que a cura ocorresse. Uma enfermeira conectou-o a monitores e suprimentos de fluidos. O médico verificou novamente os sinais vitais do paciente.

Antes de sair, disse: "Vou chamar um capelão cristão...
Boa noite, enfermeira Jones."

Pouco depois, um capelão entrou na enfermaria. Ficou
ao lado do paciente agora em coma e leu algo de um livro.

UMA NUVEM MUITO ESTRANHA

As EQUIPES médicas trabalhavam em turnos de oito horas. Na enfermaria, a responsável da noite lia um livro enquanto monitorava a condição de Alves. Enquanto lia, ela percebeu uma névoa formando-se ao redor do seu livro. A enfermaria encheu-se de névoa, que se acumulou ao redor do corpo de Alves, envolvendo-o em uma nuvem branca. A enfermeira, atordoada por um momento, chamou um médico.

"Doutor Ngolo, algo estranho está acontecendo aqui. O paciente desapareceu em uma nuvem branca. Preciso que o senhor venha ver."

O Dr. Ngolo levou três minutos para chegar à enfermaria. Ao entrar, viu o corpo do paciente flutuando como antes.

"Ah, Doutor Ngolo, a nuvem sumiu. Juro que estava lá, cercando o paciente."

"Bem, que coisa mais estranha," comentou o médico. "Vamos ver."

Após uma pausa, ele disse: "Isso é incrível..." hesitou,

"As lesões sumiram. É como se nunca tivesse havido queimaduras. Nunca vi algo assim. Achei que ele não sobreviveria. Vamos chamar o capelão para ver o que ele acha."

Quando o capelão chegou, ele perguntou: Quando o capelão chegou, perguntou: "O que aconteceu? O Doutor

Ngolo quer que eu veja uma coisa. O que houve, enfermeira?"

Alves agora estava sentado na beira de uma maca.

"Bom dia, Reverendo Chaudary, sou a enfermeira Natalie; eu estava ao lado dos monitores quando a enfermaria encheu de névoa. A névoa formou uma nuvem branca em torno do paciente. O Senhor Alves tinha queimaduras em mais de 50% do seu corpo, e estávamos preocupados que ele não sobrevivesse. Ele estava deitado na maca Air-Pillow ali. A nuvem ficou por um minuto e depois desapareceu por aquela parede. Passou direto pela parede," ela pausou para respirar e continuou, "Quando o Doutor Ngolo chegou, esperava ver um paciente com lesões graves. Ao não encontrar nenhum sinal de feridas, ele disse que nunca tinha visto nada igual. Não conseguia entender. Foi então que ele o chamou."

"Bom dia, Reverendo. Obrigado por vir... Veja, eu não me lembro de nada. Fui completamente sedado. ... Lembro-me da dor terrível, mas nada depois disso. Como você acha que fui curado?"

"Houve mais alguma coisa? Algum sentimento diferente?" perguntou o capelão.

"Nada mais", disse Alves, "Veja, não sou religioso, mas me parece que deve ter sido algum tipo de milagre. ... Enfermeira, você é religiosa?"

"Não muito; o que você acha, reverendo?"

"Bem, não posso fazer nenhum julgamento, pois não vi nada. Mas vou mantê-la em minhas orações. Há algo que eu possa fazer por você? Posso trazer algo para você do Cafekamra?"

"Estou faminto, reverendo. Uma Samosa e um Kombucha quente seriam ótimos. Obrigado."

Quando o capelão voltou com o lanche, ele disse, "Acabei de receber outra ligação - mas voltarei em breve."

UM MAL-ENTENDIDO

O TURNO DA NOITE PROSSEGUIU. Alves, nu, permanecia sentado à beira de uma maca. Seu corpo não apresentava marcas de queimaduras.

Ele murmurava consigo mesmo, "O que aconteceu comigo? Sinto-me diferente... sinto-me leve e em paz. Que dor terrível eu tinha... eles acharam que eu ia morrer."

Ele observou a enfermeira noturna enquanto ela olhava algumas roupas em um armário vertical.

"Enfermeira Natalie, o que você acha que aconteceu comigo? Você tem alguma ideia? Sinto-me completamente renovado."

Alves olhou para uma bancada, "O que é aquele livro verde ali? Pode me passar, por favor?"

A enfermeira Natalie se afastou do armário e entregou o livro a Alves.

"É uma Bíblia de Gedeão", disse ela, "Você pode vestir este roupão, senhor? Vou deixá-lo aqui na cadeira."

Alves abriu o livro em seu colo. Ele se abriu em uma

parte no meio, e seus olhos foram atraídos para algumas linhas que chamaram sua atenção. 'Convertei-vos à minha repreensão; eis que derramarei sobre vós o meu espírito, e vos farei conhecer as minhas palavras. Porque eu vos chamei, e vós recusastes...'

Após uma pausa, ele disse, "Enfermeira, poderia chamar o capelão para voltar? Eu gostaria de lhe perguntar algo."

Logo, o capelão Chaudary retornou.

Ele se aproximou de Alves e perguntou, "Como você está se sentindo agora, Arthur?"

"Capelão, estou incrível. Algo incrível aconteceu comigo. Quando a enfermeira Natalie me trouxe esta Bíblia, folheei as páginas e algo me chamou a atenção. Acho que é um Provérbio. Agora, sinto que talvez Deus tenha feito algo por mim e não sei como responder."

"Bem, Arthur, pelo que a enfermeira Natalie me contou, parece que você teve o que chamamos de cura milagrosa." Vamos ver se conseguimos fazer sentido do que você acabou de ler."

"Reverendo, por que está usando uma vestimenta preta sob seu jaleco?

Eu pensei que o médico tivesse pedido um capelão cristão. ...Não quero ser ofensivo, mas você deve ser muçulmano ou hindu. Não há capelães cristãos em Marte?"

"Bem, Arthur, eu sou um monge cristão. Somos três monges beneditinos aqui em Marte, formando uma pequena comunidade."

"Ah, se você é um monge, então é provavelmente um católico romano. Quando eu era jovem, os estudantes católicos romanos nos insultavam quando saíamos do culto.

Antes de vir para cá, eu até pensava que não haveria católicos romanos no projeto Marte. Como esperam que eu converse com você? Eu sou presbiteriano", disse Alves, soando irritado.

"Bem, Arthur, sinto muito se algum católico já o magoou. Pelo seu sotaque, você parece ser sul-americano. Eu sou da Índia, mas sei que há problemas entre presbiterianos e católicos na sua região do mundo, há muito tempo, uma situação realmente ruim. Mas Arthur, fui treinado para ser capelão de todos em Marte. Prometo que nunca deixarei minha religião interferir no nosso relacionamento - nunca. Agora, gostaria de me contar sobre sua experiência?"

"Tudo bem, Capelão, serei tolerante desde que você mantenha tudo sobre a Fé Verdadeira. Mas, ei, monges não sabem nada sobre a Bíblia, certo?"

"Não, Arthur, isso não é verdade. Na verdade, a Bíblia é o nosso chai e chapati, como costumávamos dizer. Em nosso treinamento, passamos muitos meses estudando a Bíblia. Agora, por que não pegamos algumas roupas para você e nós dois vamos até a Sala de Oração para conversar sobre tudo?"

A enfermeira Natalie interrompeu, "Acabei de ouvir o que o Capelão Chaudary disse, Senhor Alves. Vou pegar um traje para você agora mesmo."

A enfermeira da noite abriu um armário e retirou um conjunto de roupas para descanso. Ela os colocou ao lado do roupão.

UMA REVELAÇÃO

"Então, vamos sentar aqui", disse o Capelão Chaudary, "Fico feliz que você trouxe aquela Bíblia sobre a qual falava. Podemos abrir na página que você estava olhando. Você poderia ler para mim a parte que chamou sua atenção?"

"Certo, então, versículo 23... Convertei-vos à minha repreensão; eis que derramarei sobre vós o meu espírito, e vos farei conhecer as minhas palavras. Porque eu vos chamei, e vós recusastes..."

"Bem, Arthur, parece implicar que o ouvinte foi advertido por Deus. Mas se ele se voltar para Ele, receberá o conhecimento que necessita. Isso significa algo para você?"

Houve uma longa pausa antes de Alves falar.

"Parece que esse sofrimento veio até mim como um aviso, como se eu não reconhecesse Deus." Estou em perigo de perder a orientação Dele em minha vida... e no meu futuro? O que você acha que devo fazer?"

"Bem, Arthur, você acha que poderia conversar com

Deus com suas próprias palavras? Talvez para pedir desculpas por se distanciar Dele. Deus está sempre ouvindo." Enquanto falava, o capelão entregou a Alves um cartão. "Este cartão contém a Oração do Senhor. Você pode começar a rezá-la durante o dia. Também pode continuar lendo as passagens da Bíblia que lhe chamam a atenção. Isso faz sentido para você?"

"Sim, faz sentido, Capelão. Estou muito grato pela sua ajuda. Acho que você seria um excelente Presbiteriano."

"Obrigado pelo elogio. Vou contar ao meu superior... Agora, que tal você ficar aqui na Sala de Oração e refletir sobre tudo o que aconteceu com você — e sobre aquele provérbio", disse o capelão. "Ah, e mais uma coisa: de que lugar da América do Sul você é? Se você voltar para casa em breve, gostaria de colocá-lo em contato com um colega. Alguém que possa ajudá-lo a continuar sua caminhada com Deus."

"Sou do Brasil. Há monges lá?"

"Sim, temos alguns. Temos cinco mosteiros. De que cidade você é?"

"Sou do Rio de Janeiro, no litoral. Há monges lá?"

"Sim, que coincidência. Nunca estive no Brasil, mas pelo que sei, há um mosteiro no Rio de Janeiro, e os monges servem em capelas em algumas áreas. O mosteiro fica perto da baía. É perto de onde você mora?"

"Sim, fica muito perto. Moro perto do Museu de Astronomia."

"Certo, Arthur, vou entrar em contato com a Terra e conseguir o nome de um dos monges no Rio que pode ser útil para você."

"Obrigado, Capelão. É realmente uma coincidência." O capelão Chaudary levantou-se para sair.

"Agora, vou deixá-lo com suas reflexões. Podemos nos encontrar mais tarde, e eu lhe darei o contato desse monge."

TRANSLADO PARA CASA

A BALSA que se conectava ao transportador espacial para viagens à Terra tinha capacidade para trinta viajantes. Também transportava combustível e suprimentos para o transportador. O nome de Alves estava na lista de viagem mais recente, então ele enviou uma mensagem para sua esposa dizendo que estava voltando para casa. Ele também enviou uma mensagem para o Sr. da Silva e a equipe do Museu de Astronomia no Rio de Janeiro. Ele vinha mantendo-os informados sobre suas experiências.

Quando chegou a hora, Alves foi firmemente preso em uma cápsula à prova de choque. O ônibus espacial disparou pelo Tubo de Lançamento e adentrou o Espaço Sideral. Ele sentiu uma leve força G, mas nada comparado àquelas que acontecem ao deixar a Terra. Assim que a nave acoplou-se abaixo do transportador espacial, os passageiros recolheram seus pertences e passaram pela ponte de conexão.

A primeira coisa que Alves fez foi localizar as instalações onde passaria a jornada para a Terra. Depois disso, ele encontrou um lugar para sentar-se em uma porta de observação. Seriam 24 horas até que o transportador espacial deixasse a órbita de Marte. Havia muito o que fazer a bordo, principalmente atividades para se manter em forma. Mas Alves queria apenas relaxar e observar Marte enquanto ela passava abaixo. Ele estava um pouco triste, pois provavelmente nunca mais a veria de perto.

DE VOLTA A TERRA

Laura chamou seus filhos, "Alisa e Daniel, acabaram de anunciar que o transporte de Marte chegou ao Centro Espacial de Pondicherry. Assim que o papai passar pelo exame médico, ele estará a caminho. Será ótimo tê-lo de volta em casa."

"Quanto tempo vai levar para o papai chegar aqui, mamãe?", perguntou Daniel.

"Ele provavelmente estará aqui amanhã, querido. Ele nos avisará. Alisa, pode dar uma passada na loja Kumar? A caneca de cerveja Mato Grosso do seu pai quebrou enquanto eu estava limpando. Vi que a Kumar tem um design quase igual. Vou te dar vinte reais, deve ser suficiente.

...Você sabe onde é a loja Kumar? Antes se chamava Theo's."

"Sim, eu sei, mãe. Fica no Campo de São Cristóvão."

"Você pode ir com ela, Dani? É mais seguro."

Irmão e irmã saíram em direção ao Campo de São Cristóvão. Fazia tempo que Alisa não ia para aquela direção. Era uma parte do Rio de Janeiro que havia sofrido muitas mudanças recentes.

Enquanto caminhavam, Alisa de repente disse, "Ah, o que é aquilo? Parece um anjo."

Ela viu através de uma cerca de metal alta uma estátua de anjo. Sem falar com Daniel, Alisa passou por um portão aberto e correu pelo pátio. Ela abraçou a estátua e ficou ali até Daniel chegar.

"É a estátua de um anjo", disse Daniel, "Isso deve ser uma igreja católica romana. Você sabe o que o papai diz sobre os católicos romanos?"

"Bem, de qualquer forma; passei por aqui tantas vezes quando estava na escola primária e nunca percebi. É maravilhosa, mas nada como a realidade."

"Sim, acho que você está certo", disse Daniel.

"A porta está entreaberta. Vou dar uma olhada."

"Mas esta é uma igreja católica romana, O papai nunca nos deixaria chegar perto."

"Bem, você fica aqui. Eu vou dar uma olhada."

Alisa entrou com cautela pela porta e viu um saguão. Depois, abriu uma porta interna e olhou ao redor. 'Tem outro anjo', pensou. 'Vou abraçá-lo também.' Depois de abraçar essa estátua por um tempo e beijar a lateral de sua cabeça, ela voltou para Daniel, com a mente cheia de pensamentos.

"Qual é a sensação disso?" perguntou Daniel.

Porém, Alisa apenas segurou o braço dele enquanto caminhavam em direção à loja Kumar .

No trajeto para casa, Alisa fez uma pausa silenciosa e observou através da cerca o primeiro anjo. Seu irmão permaneceu ao lado dela, tentando entender o que ocorria. Ele refletiu: 'Creio que anjos sempre fascinam as meninas.'

Ao chegarem em casa, a mãe deles comentou: "Essa xícara está perfeita, Alisa. Teremos uma deliciosa feijoada e uma cerveja Nova Schin à espera para dar as boas-vindas ao Papai quando ele chegar."

RETORNO AO LAR

O Actrocab Prateado do Dromo Global do Rio de Janeiro aportou na Rua General Bruce. A esposa e os filhos de Alves estavam ansiosos para recepcionar o papai. Já se passavam trinta meses desde sua partida para Marte. Eles haviam recebido poucas notícias dele. A comunicação entre os dois planetas era precária.

Alisa foi a primeira a falar e se lançar nos braços do pai.

"Oh, papai, bem-vindo de volta. Sentimos muito sua falta."

Enquanto Alves abraçava calorosamente sua esposa, os filhos se uniram a eles no abraço.

"Arthur, querido, estamos tão felizes com seu retorno. Estamos tão contentes em ter nosso Papai em casa novamente."

O engenheiro da Equipe Auxiliar de Marte recolheu sua bagagem de viagem, e caminharam juntos até o apartamento. Alisa, a pequenina, segurou sua mão pelo caminho.

Havia um clima de alegria pura enquanto a família se reunia à mesa para saborear uma feijoada fresquinha. Arthur Alves selecionou as histórias mais interessantes sobre Marte para compartilhar dentre todas que vivenciara. Ele omitiu sua experiência de quase morte. Aquilo seria um relato apenas para Laura - e para outra ocasião.

CAFÉ DA MANHÃ TERRESTRE

No seu segundo dia de volta ao lar no Rio de Janeiro, Arthur Alves dormiu até o meio-dia. Laura preparou para ele seu primeiro café da manhã ao estilo carioca em trinta meses.

"Que maravilha ter um café da manhã ao estilo da Terra após tanto tempo. Olha só, toranja fresca! Em Marte, tudo é processado; os sabores parecem ser um adendo. E nunca se tem carne de porco, dada a quantidade de muçulmanos no projeto. ...Esse café, no entanto, é exatamente como eu me lembrava, Laura. Possui o autêntico sabor do grão de café."

"Fico contente que tenha gostado, Arthur."

"Está uma delícia, querida", ele falou e, após um momento, "Estou aliviado que tudo tenha corrido bem na minha ausência. Esta tarde, pretendo visitar o museu. Quero que saibam que estou de volta. Tenho enviado relatórios a eles sobre minhas experiências em Marte."

"Oh, papai, eu também posso ir? Tem algo novo que quero te mostrar", disse Alisa.

"Claro, Alisa, vamos colocar nossos casacos e ir agora mesmo.

Com licença, Laura. Não demoraremos muito."

"Não, Nippi, você não pode vir. O Senhor da Silva não permite cãezinhos no museu."

Quando chegaram ao balcão de recepção do museu, o Sr. da Silva estava de serviço.

"Boa tarde, Alisa. Vejo que trouxe nosso explorador de Marte de volta para nós. Como está, Senhor Alves? É um prazer revê-lo."

"Sim, Senhor da Silva. É maravilhoso estar de volta. Estou curioso para saber se minhas transmissões foram recebidas com clareza. Soube que as erupções solares podem interferir nas transmissões vindas de Marte. Por vezes, elas se embaralham."

Até onde sabemos, suas transmissões têm sido bem recebidas. Realizamos reuniões regulares na sala de conferências. Convidamos pessoas de fora para assistir e discutir o material. Perspectivas visuais são muito apreciadas. Você conquistou seguidores na região que acompanham tudo avidamente. Agora que você está de volta, organizaremos um seminário em um fim de semana. Ficaríamos gratos se você pudesse liderá-lo.

"É uma excelente ideia," respondeu Alves, "Apenas me informe a data."

"Vamos até o escritório do Senhor Singh. Ele ficará feliz em vê-lo de volta são e salvo. Ele pode ter algumas sugestões."

O Sr. da Silva guiou o caminho.

ROMPENDO UM TABU

Quando Arthur Alves e Alisa estavam se despedindo da equipe do museu, Alisa segurou a manga do pai e disse, "Podemos ir por um caminho diferente para casa? Quero te mostrar algo que você pode gostar."

"Claro, podemos fazer isso."

Pai e filha caminharam pela Rua Senador Alencar até onde Alisa tinha visto a estátua do anjo.

"Papai, quero te mostrar uma coisa, e espero que você não fique muito chateado. É uma estátua do lado de fora de uma capela católica romana que eu gosto muito. Quero saber o que você acha. É errado eu gostar dela?"

"Não sei, Alisa. Vamos ver."

Quando chegaram à capela, Alisa levou seu pai pela mão, através do portão de aço e até a estátua do anjo.

Ela brincou, "Senhor Anjo, este é meu pai, Senhor Alves."

Alves entrou na brincadeira, "Prazer em conhecer você, Senhor Anjo. Fico feliz que você faça minha filha feliz."

"Papai, eu entrei lá. Quer ver como é? Tem outro anjo lá dentro."

"Certo, tudo bem, Alisa. Eu te sigo."

A dupla entrou na capela.

"Olha, papai, lá está o outro anjo. Ele não é uma graça?"

"Realmente é", disse seu pai enquanto observava o ambiente ao redor.

Alves notou que havia fileiras de assentos se estendendo até o outro extremo do interior.

Ele sugeriu, "Vamos nos sentar aqui um pouco. Parece ser um lugar tranquilo e pacífico. Espero que não estejamos infringindo alguma regra."

Pai e filha sentaram-se lado a lado em um longo assento parecido com um banco, enquanto Alisa olhava para a estátua do anjo. Ela virava a cabeça de um lado para o outro buscando diferentes ângulos de visão. Alves se lembrou do cartão da Oração do Senhor que tinha no bolso e o pegou.

Começou a ler silenciosamente: "Pai Nosso, que estais no céu..."

Eles não notaram que uma figura havia aparecido na outra extremidade do edifício. Quando a figura se aproximou, Alves levantou os olhos. Ele pensou, "É um monge. O que ele faz aqui? Ele é de verdade? Ah sim, isto é uma capela católica romana."

O monge se aproximou e disse, "Bom dia, senhor. O senhor é Arthur Alves?"

"Sim, sou eu."

"Nos informaram que o senhor viria. Esta é sua filha?"

"Sim, ela é. Ela se chama Alisa, e quem é o senhor, se me permite perguntar?"

"Sou Dom Charlie Wong, e é um grande prazer conhecê-los.

Olha, estamos prestes a tomar o chá da tarde. Gostariam de se juntar a nós?"

"Sim, claro, adoraríamos", respondeu Alves.

"Por favor, siga-me."

Alisa segurou a mão do pai enquanto o trio caminhava até o fundo da capela. O beneditino parou e fez uma leve reverência antes que o trio saísse por uma porta lateral, em fila indiana.

Fim

SOBRE O AUTOR

O autor é arquiteto e "fenomenólogo" amador. Ele nasceu e foi criado na Irlanda. Ao longo dos anos, ele visitou 4 continentes e várias ilhas. Ele tem um profundo interesse nos primórdios das coisas que moldam nosso mundo hoje.

G. P. Curran atualmente mora com sua esposa e alma gêmea Nida Fe em Washington, Distrito de Columbia, EUA.

Para entrar em contato com o autor, use o e-mail: geraldcurran@verizon.net (Os e-mails são traduzidos para o inglês)

BIBLIOGRAFIA

209

Ross, H. = Why The Universe is The Way It Is (Por que o universo é do jeito que é.)

9 798991 672184